FOLIO POLICIER

Tonino Benacquista

La maldonne
des sleepings

Gallimard

Tonino Benacquista a abandonné ses études de cinéma pour exercer de nombreux petits boulots dont accompagnateur de nuit aux wagons-lits, accrocheur d'œuvres dans une galerie d'art contemporain ou parasite mondain... Depuis 1985, il a écrit plusieurs ouvrages dont le dernier, *Saga*, a reçu le Grand Prix des Lectrices de *Elle* en 1998.

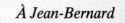

À Jean-Bernard

Si par chance vous vous en tirez indemne ou presque, gardez votre sang-froid, et apportez votre aide aux premiers secours. Même si vous n'êtes pas secouriste, même si vous avez peur du sang et des cris. Il suffit parfois de peu de chose, une main secourable, une présence, pour conserver une étincelle de vie qui risque de s'éteindre.

C'est votre devoir moral d'homme d'agir ainsi.

(Manuel du couchettiste)

Qu'il est triste le Venise de 19 h 32, l'hiver.

19 h 28. Les derniers voyageurs courent sur le quai, je les attends au pied de ma voiture, la 96. L'un d'eux me tend sa réservation couchette.

— Lei parla italiano?

Ah vérole... l'accent milanais! Il va me demander de le réveiller à Milano Centrale, un coup de quatre heures du mat'. Mes trente-huit autres clients descendaient presque tous au terminus, un coup de bol, et ça me faisait une bonne nuit de huit heures.

Tant pis.

« ... et desservira les gares de Brescia, Vérone, Vicenza, Padoue, Venise Mestre et Venise Santa Lucia. La S.N.C.F. vous souhaite un agréable voyage. »

Nous sommes tous un peu amoureux de la femme du haut-parleur mais chacun s'en fait une image différente. Pour moi elle a dans les trente ans, très brune aux cheveux courts, avec un rouge à lèvres très cru mais impeccablement appliqué. Tous ceux qui partent ce soir ont rendez-card avec elle après-demain matin, vendredi, à huit heures trente pile. À croire qu'elle dort à côté de son micro. Elle nous annoncera une «Bienvenue en Gare de Lyon» et ça voudra dire: «C'est fini pour vous, les gars, allez vous coucher, on est chez nous.» Et on l'aimera d'autant plus.

Une parenthèse de trente-six heures nous sépare de ce doux moment, et il est temps de l'entamer. Une légère brise nous invite au départ.

— Je t'échange ton Venise contre un Florence.

— Plutôt crever! je dis.

Plutôt crever qu'être à Florence demain. Florence j'en viens et j'y retourne la semaine prochaine, à croire que les types du planning m'en veulent. L'autre jour je me suis amusé à faire le compte de mes voyages à Florence depuis que je travaille aux Wagons-lits et j'ai passé le cap des soixante, sans fierté aucune. Le reste se partage entre Venise et Rome. Soixante aller-retour dans cette splendide ville de merde, dont une bonne quarantaine passés à dormir. Soixante cafés serrés chez la vieille Anna dès la descente du train, soixante escalopes aux herbes dans un petit restau de la rue Guelfe, trente sorbets au melon pour les mois d'été. J'ai mon petit parcours obligé, c'est une ville qui n'inspire pas la dérive. Les rails continuent après le voyage.

14

— Mais j'en ai besoin de ce Venise ! Tu sais bien que j'ai ma fiancée là-bas ! Sois pas salaud, ça fait presque un mois que je l'ai pas vue... Entre collègues on a toujours su s'arranger, hein ?

— Tu m'aurais proposé un Rome à la limite, ça m'aurait pas dérangé, mais Florence j'en ai ras la mèche. Demande à Richard, il aime bien la Renaissance et toutes ces conneries en plâtre.

Ça m'ennuie de refuser un service à un collègue. On a une déontologie en béton, c'est comme ça qu'on tient le coup. On échange nos voyages selon les envies et les besoins. Mais trois Florence de suite, c'est au-dessus de mes forces.

— J'insiste pas, enfoiré, mais ne me demande plus rien, et surtout pas d'échanger mes Rome pour aller voir ta gonzesse !

Basse vengeance. Il sait bien que ma petite Rosanna vit à Rome. Et justement, elle me dit que deux fois par mois ça fait peu et que je pourrais m'arranger pour faire des Rome plus souvent. Elle a sûrement raison. Mais pour l'instant je n'ai pas envie d'augmenter la fréquence.

Il est triste le Venise de 19 h 32, l'hiver, parce que le quai est froid et noir. Je tire un bon coup sur la portière. C'est bouclé. Un voyageur agite la main par la fenêtre, sans pourtant aucun vis-à-vis. Un poète... Les passagers me regardent du couloir. Ils s'en remettent déjà à moi. Au loin on entend le coup de sifflet, le tam-tam du train cherche lentement son rythme et les cuivres

15

entament l'adagio. Je ne ferai pas ce boulot toute ma vie. J'aurais tellement voulu rester à quai.

*

— Vous servez le petit déjeuner à quelle heure?

Une petite dame avec un chapeau à voilette et un caniche sous le bras. Encore une qui s'est gourée de standing. Au lieu de répondre je pointe un doigt sur le carton «2e Classe», juste dans son dos. Je crois qu'elle a compris.

Quand parfois, au sol, il m'arrive de dire que je travaille aux Wagons-lits, j'entends des petits éclats de voix enthousiastes suivis d'un tas de considérations sur ce qu'on croit être mon boulot. Bien souvent cela donne: «Aaaaah oui! L'Orient-Express! Le Transsibérien! C'est passionnant... La classe! C'est mon rêve, un très long voyage en train avec des escales partout, Londres, Istanbul, Sofia...»

Et cetera, et cetera. Il suffit de prononcer le mot magique de «Wagons-lits» et ça démarre tout seul, on a lu un Agatha Christie, toujours le même, on a vu un ou deux films de la Belle Époque, on évoque le vague souvenir d'un oncle «qui a bien connu...». Mais là je suis obligé de calmer les enchantements divers, quitte à décevoir. Je ne suis qu'un simple couchettiste, j'entends velours rouge et je réponds moleskine, on me parle de piano-bar et je dis

16

Grill-Express, on cite Budapest et je remplace par Laroche-Migennes, à super-luxe je tarife 72 francs la couchette. Les «Single» et les «T2» (deux voyageurs maximum, très prisés pour les lunes de miel) ne concernent que les premières classes. Moi je m'occupe des pauvres, les familles de six avec des gosses qui chialent la nuit, les immigrés qui font un tour au pays, les jeunes billet-Bige et sac à dos. Et je n'échangerais ça pour rien au monde.

Rien ne vaut le Galileo pour aller à Venise, ou à la limite le Zagreb de 22 heures, si on est pas trop pressé. Le Galileo — numéro 223 à l'aller et 222 au retour — est composé de deux rames, Florence et Venise, qui se séparent à Milan pour se retrouver le lendemain au même endroit et rentrer à Paris. Je suis pourtant obligé de reconnaître deux inconvénients à ce train : le détour par la Suisse, et le second, assez fastidieux, qui m'oblige à faire une annonce par téléphone à toute ma voiture.

Je sors mon papier froissé au fond d'une poche intérieure et décroche le combiné. Malgré l'habitude je me sens toujours obligé de lire le libellé, comme si, ces trois lignes, je ne les connaissais pas déjà par cœur.

J'entends ma propre voix dans le haut-parleur.

«*Nous tenons à vous signaler la présence possible de pickpockets entre Domodossola et*

Milan. Il est conseillé de ne pas suspendre vos sacs, portefeuilles ou tout objet précieux. »

Ils ne sont que deux ou trois et pourtant ils parviennent à ratisser entièrement le Galileo pendant la plus profonde zone de sommeil, entre trois et quatre heures. Le règlement conseille aux pauvres accompagnateurs couchettes que nous sommes de prévenir les voyageurs au départ, puis de s'enfermer pendant la nuit sans intervenir, et subir les hurlements indignés des victimes le lendemain matin. C'est tout. Une fois Richard a essayé de s'interposer en voyant trois types fouiller chaque compartiment de sa voiture, et l'un d'eux lui a demandé, du haut de son cran d'arrêt, d'aller leur chercher trois cafés. Depuis, aucun de nous n'essaie de jouer aux héros. Les contrôleurs italiens non plus. Alors...

On toque à ma porte.

Ma cabine de service est un habitacle tout à fait correct. Relativement spacieux, équipé d'un siège transformable en banquette et d'un énorme bac à linge qui nous sert de bureau, le couvercle fermé. C'est ma maison, mon antre, personne n'a le droit d'y entrer, et même les douaniers frappent toujours avant. Tout le monde sauf Richard, évidemment. Entre couchettistes, c'est toléré.

— Hé Antoine, t'as vu qui t'as dans ta voiture ?

18

— Mick Jagger ou mieux?

— Non, mieux: la plus belle rousse du monde.

— Ouais... la dernière fois que t'as dit ça, c'était un travelo de la via Amedeo. Si tu t'occupais de tes billets au lieu de venir mater les nanas dans ma voiture. On va au ragoût dans moins d'une heure.

— Peux pas m'en empêcher. Tu me laisses regarder ta télé?

Nous y voilà. Il est venu pour ça. Nos cabines jouxtent exactement les toilettes, et certaines sont équipées d'une «télé», un trou discret, percé depuis des lustres par un collègue pervers, situé juste en dessous de la boîte à papier, invisible, et qui offre une vue plongeante sur la cuvette. Je ne suis pas spécialement puritain mais la seule fois où j'ai essayé, j'ai vu la fille sortir et venir me demander un renseignement en me faisant le sourire le plus franc et le plus innocent du monde. La honte m'a empourpré les joues. Depuis cette fois-là, l'envie ne m'est plus jamais revenue.

Richard est un garçon jovial, sympathique, vicelard et incroyablement feignant. Je l'aime bien. Nous avons le même âge mais je le considère comme un gosse qu'il faut tantôt encourager tantôt gronder. Comme camarade de route il en vaut beaucoup d'autres, mis à part son obsessionnelle recherche du plaisir. Toutes sortes de plaisirs. Je crois qu'il a choisi les trains de nuit pour ça.

19

— C'est pas le moment, passe plus tard, et puis tu sais bien que ça ne m'amuse pas...

— Personne t'oblige à mater. Mais t'as raison, c'est pas la bonne heure, on verra vers Dole, j'ai une chance de coincer la rousse. Bon, tu passes me prendre vers Dijon et on ira chercher Éric.

— ... Éric ? Il a réussi à échanger son Florence ?

— Ouais... avec le nouveau, je sais pas son nom. Ah... le Éric... tomber amoureux d'une Vénitienne ! C'est le début des emmerdes !

— Pas plus qu'une Romaine.

— Et t'en sais quelque chose, hein ? Au fait, quand est-ce que tu me présentes ta Rosanna ?

— Jamais. À tout à l'heure.

— Je ne sais pas comment vous faites, Éric et toi. Une fiancée à Paris et une autre en Italie. Ça va vous retomber sur la gueule, un jour, de profiter de votre boulot pour sombrer dans l'adultère.

— On verra, hein ? En attendant, dégage ! Je passe te prendre à Dijon. Et puis, je voulais te dire, ce soir je suis un peu crevé, j'irai me coucher tôt. Ça t'ennuie pas de prendre les payants ?

— Ça change pas, hein ? Envoie-les, mais c'est toi qui les prends au retour.

Ce sont les voyageurs qui n'ont pas réservé et à qui l'on vend les couchettes libres. Des papiers à remplir, des conversions de fric à faire d'après le taux de change, de la literie à préparer. J'ai pas envie.

À peine veut-il sortir que la douairière de tout à l'heure vient bloquer le passage. C'est le vaudeville qui commence.

— Vous êtes le contrôleur?

— Soyez polie. Je ne suis que le couchettiste, dis-je, un peu aigre.

— ... Heu oui... J'ai un problème avec mon chien; voyez-vous, il ne s'entend pas du tout avec un petit garçon, assez mal élevé du reste, et voyez-vous nous sommes six dans le compartiment. Pourriez-vous intervenir?

— Bien sûr. Vous avez un panier et sa carte de vaccination? Vous avez payé son supplément couchette? Et son billet? Je suppose qu'il a une assurance «Trains internationaux».

— C'est-à-dire... Je crois que je vais me débrouiller avec le petit.

Elle repart, dépitée, vers son clebs. Richard est toujours là et ricane d'un drôle d'air.

— Pas mal. Fidèle à lui-même, l'Antoine. À tout à l'heure.

Je vois ce qu'il veut dire. Ma réputation d'aboyeur. C'est vrai que j'ai du mal à leur parler autrement. Moi qui n'ai aucune sympathie pour les flics, moi qui déteste tout ce qui porte une casquette, je me retrouve dans la peau de celui qu'on regarde avec inquiétude, je remarque souvent un soupçon de crainte dans les questions qu'on me pose. Et le plus naturellement du monde je réponds avec toute la fermeté dont je suis capable. Les collègues me le reprochent, ils pensent que je suis méchant. «T'as vu comment tu leur parles?» «C'est toi qu'as fait chialer la fille du 8?» «Qu'est-ce qu'ils t'ont fait encore?!» C'est sûrement vrai, ils essaient tous de me calmer, c'est donc qu'ils ont raison mais je ne m'aperçois de rien, ça m'échappe, je ne suis pas comme ça, au sol. Bon, d'accord, certains soirs je me suis emporté, j'ai laissé ma mauvaise humeur gouverner la voiture entière. J'ai abandonné sur le quai des gens frigorifiés, en pleine nuit, alors que j'avais de la place. J'ai insulté des pauvres hères qui me réveillaient pour une aspirine, j'ai fait angoisser des inquiets, j'ai envoyé au diable des voyageurs en vaine de confidences. Oui, je suis irascible, voire injuste.

Anecdotes...

On ne peut pas s'arrêter là. Parfois j'ai fait des trucs qui sortaient parfaitement de mes attributions, j'ai veillé une femme enceinte toute une nuit, forcée de retourner au pays à cause du gros ventre, j'ai gardé dans ma cabine un gosse terrorisé, j'ai écouté des heures durant une femme à peine sortie d'un cauchemar, j'ai trouvé des endroits tranquilles à des couples amoureux jusqu'aux tripes, j'ai raccompagné des vieillards jusque chez eux, à Rome et à Florence, j'ai négocié avec des douaniers pour éviter à des Arabes et des Indiens de se faire sortir du train à la frontière, j'ai imploré la clémence des contrôleurs pour des jeunes cons espérant voyager sans billet. Mais ça personne ne le sait. Parfois je me demande comment je suis capable du pire et du meilleur. Je ne sais plus, sans doute quelque chose de fugace, quelque chose qui se jouerait dans l'instant, en une fraction de seconde, une sorte d'instinct qui me ferait aller vers l'urgence plutôt que le futile, le dérisoire.

Ouais... Lequel est le plus futile ? Donner l'occasion à des mômes de s'envoyer en l'air ou donner asile à un type largué à trois heures du matin en gare de Lausanne ? Ça paraît simple, mais il fallait savoir que les deux ados ne se reverraient peut-être jamais parce que la fille allait faire soigner sa leucémie dans un hosto de Grenoble. Il fallait aussi entendre cet imbécile de Lausanne me dire : «Je veux une couchette dans un compartiment vide, j'ai horreur des odeurs de pieds, et je ne peux dormir que dans le sens de la marche, et réveillez-moi dix minutes avant Dijon, un de vos collègues m'a déjà fait le coup, ce train je le connais, ma valise est sur le quai, conduisez-moi à mon compartiment.» Par miracle j'ai réussi à ne pas lui mettre mon poing sur la gueule. J'entends encore ses insultes au moment où le train a démarré. C'était l'automne.

Je suis comme tout le monde, j'aime avoir le choix de mes gestes.

Nous venons de croiser un train qui roule à la même vitesse, plein pot, et je n'arrive toujours pas à m'habituer à cette baffe de souffle et de décibels. Je vois apparaître une fille en minijupe

23

et blouson en jean avec un badge où l'on peut lire : ITALIANS DO IT BETTER. Elle n'est pas vraiment jolie mais j'essaie de ne pas le faire lire sur mon visage.

— Les Français vous êtes plou jeunes qué les autres couchettistes. Comment tou t'appelles ?

Je la sens venir. Encore une qui veut voyager gratos et qui s'y prend mal. En tout cas avec moi.

— Antoine.

— Antonio ? C'est joli. Ton train aussi il est joli.

Un accent à couper au couteau. Elle me parle avec un sourire sinistre, complètement acculée à la fenêtre du couloir. Malheureusement pour elle on m'a déjà servi la formule «il est joli ton train», à croire que c'est le protocole officiel. Naguère j'aurais répondu «ça se discute...» mais maintenant je trouve ça plutôt crado.

— Vous trouvez ? Allez voir les autres couchettistes, moi je suis très méchant. Allez voir les Italiens, ils font ça mieux, non ?

Aussi sec elle remet son sac en bandoulière et part tenter le coup chez Richard. Elle ne semble absolument pas froissée, tout juste un peu irritée d'avoir gaspillé des paroles, un peu comme un représentant en aspirateurs. En général ce prototype de nanas sévit plutôt l'été, la minijupe s'explique mieux qu'en plein mois de janvier. Elles sont assez rares, entre juin et août on en croise une ou deux par mois, mais la période commence apparemment à s'étendre.

Et maintenant routine (chez nous, celui qui dira train-train est bon pour un gage). Ramasser les passeports et les billets, faire remplir les feuilles de douane, distribuer le couchage, oreillers et draps-sacs. Une bonne heure de turbin. Attendre le contrôleur avant d'aller au ragoût, le wagon-restaurant. Ensuite installer les couchettes en position de nuit un peu avant Dijon, vers 10 heures. Et dormir en attendant la première douane. En principe je suis payé justement pour ne pas dormir car c'est chez moi que les contrôleurs viennent poinçonner les billets et les douaniers vérifier les passeports, ceci afin de ne pas réveiller nos chers usagers. En théorie nous sommes des veilleurs, mais personne ne se doute qu'avec l'habitude nous dormons deux fois plus et mieux que n'importe quel type qui part en vacances une fois l'an. Au matin, réveiller tout ce beau monde, lui rendre ses documents, et ciao.

Mais je n'ai jamais compris pourquoi, ça ne se passe jamais aussi simplement. Jamais.

Une serveuse du Grill passe avec sa clochette pour racoler les clients. Un voyageur vient me demander une adresse d'hôtel à Venise, il a envie de discuter, il pense que je connais bien la ville. Il repart, après quelques blancs dans la conversation, et je retourne vers mon ouvrage. Mes clients accueillent les couvertures comme s'ils bâillaient déjà.

Combien de têtes ai-je vu défiler depuis deux ans? Il me serait possible de le savoir avec quelques calculs pénibles. Ils sont entre trente et soixante contre moi, tout seul. Dociles pour la plupart, le plus souvent ingrats et rarement attachants. Il faut les comprendre, ils viennent de lâcher quelque chose ou quelqu'un en grimpant dans ma voiture, je les sens dans l'attente de quelque chose ou de quelqu'un dès qu'ils en descendront. Oui, je sais bien, ce ne sont pas tous des désespérés en transit, ce départ à Venise n'est pas vraiment une déchirure, un divorce, ils n'ont pas tous le sentiment d'un no man's land qui va durer la nuit entière. Ils dormiront peut-être comme des bienheureux sur une couchette qui tremblote. Mais moi je sais, je sais que de quai à quai ils vont gamberger, réfléchir jusque tard dans la nuit à une foule de petites choses auxquelles ils n'avaient prêté aucune attention. Ils ne liront pas le gros pavé qu'ils s'étaient promis de terminer, ils préféreront feuilleter une *Stampa* oubliée sur la banquette, même sans comprendre un mot d'italien, ou bien un *Stern*, même s'ils n'aiment pas *Paris-Match*, un *Times* ou un *Herald*, une fois dans sa vie, histoire de se confronter à ses relents d'anglais.

Au début j'étais aussi angoissé qu'eux, je les aimais bien, je leur consacrais du temps. Chez moi j'ai un tiroir rempli de papiers griffonnés, des noms et des adresses, en Europe, au Japon, en Yougoslavie, et même une à Nassau, aux

Bahamas. Souvent on m'a invité à passer des vacances. On se quitte avec effusion, à destination, on se fait des promesses, et personne ne donne jamais suite. Qu'est-ce que j'irais faire à Nassau, chez des gens qui ne me reconnaîtraient même pas?

21 h 45. Bientôt la bouffe. La partie technique du boulot est terminée, la plus simple. C'est le facteur humain qui pose le plus de problèmes.

— Salut, t'en as combien?

Pour un contrôleur S.N.C.F. c'est l'entrée en matière la plus classique. Combien j'en ai? Trente-neuf. Il va me dire: «Donc... il te reste vingt et une places libres.» À raison de dix compartiments de six couchettes, cela nous fait deux opérations de calcul mental. Je lui laisse le temps.

— ... vingt et une places, c'est ça?

— Oui. Et toi t'as trois étoiles sur ta casquette, ça veut dire que t'en auras cinq dans vingt ans si tu donnes satisfaction, ça fait combien d'années à se faire chier par étoile?

— ...?

J'y suis peut-être allé un peu fort. Trois étoiles, c'est plus un débutant. Un cinq étoiles et je me faisais virer aussi sec. De toute façon pour un cinq étoiles c'est trop tard.

Mon jeunot poinçonne consciencieusement et pour m'emmerder il compte chaque billet et chaque réservation couchette.

— S'il en manque un seul, je t'aligne.

En clair il me collera un rapport au cul qui arrivera dès mon retour à la Compagnie des Wagons-lits. Vas-y coco, moi je sais compter.

— T'as le compte, dit-il, mais y'a un via Chambéry-Modane-Pise. Faut faire un redressement.

Billet foireux, ça arrive souvent, le 222 passe par Dole et Lausanne. Les contrôleurs suisses vont le «redresser» aussi, les Italiens peut-être. J'envoie le jeunot dans le compartiment du fautif, les histoires de parcours ne me regardent pas, ça ne fait que retarder le dîner d'un quart d'heure.

Le trois étoiles revient vers moi, sans le billet.

— Il a gueulé, il veut faire un scandale en rentrant à Paris. Il a gardé son billet pour s'expliquer lui-même avec les Suisses.

— Tant mieux, ça fait toujours un de moins à garder. Sinon, c'est bon? Je peux aller bouffer?

Il ne répond pas et entre dans les soufflets sans se retourner. Je cadenasse ma cabine et pars vers le ragoût qui se trouve en tête. Je jette au passage un coup d'œil sur mes compartiments.

— Il manque une couverture pour la couchette du haut!

— Vous n'êtes que quatre dans celui-ci, non?

— Ah bon... on ne sera que quatre pendant tout le voyage?

— Mais oui.

Ça sentira moins la transpiration, tu pourras même piquer les draps-sacs en trop, si c'est ça.

Le train ralentit, nous arrivons à Dijon. Richard n'a pas tout à fait terminé, je l'attends assis dans son fauteuil, le regard perdu dans l'obscur panorama d'une ville toujours morte. Dijon. L'arrêt le moins exotique du parcours. Je n'ai jamais mis les pieds sur le quai sauf pour me rendre au ragoût, ça nous fait gagner quatre à cinq minutes mais faut faire vite, on arrive à 21 h 59 pour repartir à 22 h 2. Du quai on ne voit rien de la ville, hormis les néons clignotants d'un cabaret de strip-tease, le Club 21. J'ai toujours trouvé ça étrange. Le train repart et j'essaie d'imaginer que chaque soir, à Dijon, des femmes se déshabillent.

— Au graillon ! s'écrie mon camarade.

On passe dans la voiture d'Éric, Richard lui demande s'il veut manger, il refuse. Tant mieux. Et maintenant : quinze voitures à traverser. *Le tunnel*, *La grande évasion*, *La charge de la brigade légère* et *Les aventuriers de l'arche perdue*, tout ça en quinze voitures. Cette traversée me fait l'effet d'un sillon au coupe-coupe dans une jungle humaine. C'est l'heure où les lions vont boire et où les gazelles regagnent leur couche. On passe par mille fragrances allant du parfum chic au remugle de Tupperware. Cent cinquante compartiments première et seconde, un demi-millier de visages. On va très vite, presque au pas de course pour garder une moyenne de dix secondes par voiture. On déboule, on regarde

29

partout, le blazer bleu, la cravate et l'insigne nous donnent une certaine impunité, tout le monde s'écarte sur notre passage, ça fait plaisir. J'aime bien cette enfilade de situations, de conjonctures. On dit un petit bonjour rapide au responsable de chaque voiture, «on s'retrouve tout d'suite». Dans les premières on parle un peu moins fort, discrétion de rigueur. Les «conducteurs» (nos équivalents première classe) portent une livrée marron avec képi obligatoire. L'été, ils souffrent pendant que les couchettistes se baladent en bras de chemise. Vingt ans de carrière, une femme, des gosses de notre âge, la moitié de leur vie sur les rails et dix mille histoires à raconter à qui veut bien les entendre, et je suis toujours volontaire.

Le ragoût est bondé mais notre place est réservée. Toute la troupe des Wagons-lits se retrouve, les couchettistes et conducteurs de Venise et Florence, ainsi que les trois agents de restauration. Moment sympathique si l'on aime la cantine d'entreprise, ticket-plateau-self, comme partout où ça bosse, avec en sus le plaisir du paysage. Le menu ne change pas d'un haricot depuis des années: crudités, entrecôte maître d'hôtel (steak frites), yaourt et pinard étoilé. Ça c'est pour les couchettistes, les conducteurs se débrouillent pour agrémenter l'ordinaire, privilège de l'ancienneté, et c'est justice. Le règlement nous accorde une demi-heure, mais vu qu'il n'est pas là à chronométrer, on prend notre temps jusqu'au décrochage du ragoût, à Dole. Autre privilège de la cantine roulante. Mais il ne se passe pas un repas sans qu'un voyageur courageux ne vienne nous relancer jusqu'à notre table pour un problème d'une exceptionnelle importance, du type : « il y a une sangle qui bloque la couchette du haut » ou « ma veilleuse ne marche pas ». Le camarade concerné affiche la mine revêche de celui qui vient d'avaler de travers. En général, je réponds pour lui.

— Vous faites quoi comme boulot ?

— (Regard inquiet)... Heu... je suis dans la plomberie.

— Ah oui ? Le bleu c'est froid et le rouge c'est chaud, c'est ça ?

— Mais pourquoi vous me dites ça ?

— Pour rien. On viendra réparer après manger.

À Dole on fait une bise aux serveuses et on rentre par le quai. Promenade digestive pendant la manœuvre de décrochage. Les filles du ragoût, rêveuses, nous disent qu'on a de la chance d'aller à Venise. Les pauvres petites ont effectivement le parcours le plus ingrat du métier, Paris-Dole, elles passent la nuit dans des hamacs sans sortir de la voiture, au matin on les raccroche à cinq heures au train du retour pour servir les petits déjeuners jusqu'à Paris. Elles n'ont jamais vu Venise mais y partent chaque soir.

Retour au bercail. À cette heure-ci c'est plutôt le bureau des pleurs, et ça va pas et ça va pas, et patata. Petit stress rituel du voyageur avant qu'il n'aborde la véritable raison de sa présence ici : se coucher. La plupart d'entre eux sont déjà au pieu, les autres m'attendent pour confirmer leur heure de réveil ou réparer un appuie-tête qui a dégringolé. Certains ont décidé de ne pas dormir et tiendront parole, debout dans le couloir, pendant au moins une bonne heure.

En bâillant j'essaie d'imaginer la journée de demain, à Venise. Il faudrait que je pense à acheter une petite bricole à ma compagne. Ma vraie compagne, celle de Paris. Ma petite Katia... qui dort déjà à l'heure qu'il est, dans notre studio de la rue de Turenne. À moins qu'elle ne soit dans un bar branché des Halles avec des zigotos trop prévenants. « Mon mec ? En ce moment il doit être vers la Suisse, remettez-moi un demi les gars ! » Je n'en saurai jamais rien. D'ailleurs j'ai intérêt à la boucler ; hier, par mégarde, je l'ai appelée Rosanna. Et plus on se justifie plus on s'enfonce. Notre accord tacite dure depuis quelques mois mais je sens le clash pour bientôt.

— S'il vous plaît, monsieur, vous êtes bien le steward de cette voiture ?

J'ai dit oui et failli ajouter « merci », merci pour cette demi-seconde où des ailes me sont poussées. Faut avouer que « steward » c'est autre chose que « couchettiste ». D'un geste lent

32

il pose la main sur mon bras, et malgré tout, j'ai horreur qu'on me touche.

— Pensez-vous que... Vaut-il mieux s'enfoncer dans le drap-sac et mettre la couverture par-dessus, comme une couverture normale, ou en dessous pour obtenir un peu plus de moelleux ? Je me pose la question.

Il est assez petit, très brun, les bajoues tombantes, et manifestement il fournit un certain effort pour maintenir ses paupières levées. Ses phrases sont lentes, entrecoupées de soupirs et d'hésitations.

— Je vais peut-être me servir d'un de ces accoudoirs pour mettre sous mon oreiller, c'est un peu mou, c'est de la mousse, non ? Pour l'instant j'ai une couchette médiane, est-ce que vous me conseillez de changer pour celle du bas, celle qui fait en même temps banquette ?

Je suis terrassé, sans réaction. En temps normal j'aurais déjà mordu. Mais je ne le sens pas. Ce type a l'air sérieux, et terriblement fatigué.

— Vous avez si peur que ça de mal dormir ?

— Assez, oui. Vous êtes la personne la mieux indiquée pour avoir de bons conseils. Je m'en remets à vous...

Que faire ? Mordre ou sourire ? Jamais je n'ai vu un spécimen aussi anxieux depuis que je bosse. Le pire c'est que je sens une sincérité.

— C'est si important, le sommeil ?

— ... Rien n'est plus important que ça. Rien.

Dans son compartiment, ils sont trois. Il y a un type assez rabougri qui ne semble pas appré-

stuated

33

cier notre petit bavardage, le genre qui veut profiter à fond de ses 72 balles de couchette. C'est d'ailleurs lui qui avait un billet foireux, tout à l'heure. L'autre est un Américain pur style, baraqué, élevé au grain, avec des baskets montantes non lacées et un sweat-shirt imprimé Y.A.L.E. Visiblement, personne ne se connaît.

— Une éternité nous sépare de demain matin, ajoute-t-il. Autant oublier le poids du corps en attendant...

J'aurais pu lui faire remarquer que Paris-Venise par Air France ne le fatiguerait pas plus d'une heure. Mais ce n'est pas un bon argument. Je ne peux dire que des banalités.

— Allez, demain matin vous serez place Saint-Marc, à la terrasse du Florian, en pleine forme, dis-je.

— À Venise...? (Ricanement de dépit.) Vous savez, avant, je pensais que le sommeil servait à réparer une journée de travail. Je me sentais crevé mais tout de même serein à l'idée que le lendemain je me lèverais du bon pied pour repartir à la tâche.

Je l'attire dans le couloir afin de ne pas déranger les autres et fais coulisser la porte. Quand je croise un cynique je me le garde, c'est trop rare.

— Vous faites quoi?

— Je ne travaille plus mais j'étais comptable dans une petite entreprise, ça n'a l'air de rien mais ça use, à la longue. En fait, j'ai découvert

34

le vrai sens du sommeil depuis la fin de mon boulot.

Paradoxe qui demande explication, mais pas tout de suite.

— Et vous, vous arrivez à dormir?

On me pose la question trois fois par soir. D'habitude je réponds une connerie mais avec un type un peu sibyllin, comme lui, on franchit le cap du discursif et du bon ton.

— La plupart du temps, oui, mais ça s'apprend. Au début il faut faire face à trop de trucs, on veille tout le parcours, on essaie de se rattraper à destination et le soir même on repart pour une nuit blanche.

— Mais c'est terrible...

— Non, question d'habitude. Certains ont recours au «steack de levure», trois cannettes de bière, ça apaise. Il faut surtout s'organiser avec la billetterie, je sais à peu près à quelle heure les contrôleurs vont passer. Les Suisses, par exemple, essaient de ne pas trop vous déranger pendant le sommeil et les Italiens pendant la bouffe. J'ai des techniques pour ne pas interrompre ma nuit à propos de n'importe quelle bêtise. C'est ça, en fait, la vraie fatigue: être réveillé violemment pour un faux problème.

— Vraiment...? Des bêtises...?

Son regard s'échappe doucement, il pense à ce que je viens de dire. Ou bien ça l'ennuie profondément.

Mais moi je me souviens.

J'angoissais à chaque épisode de la nuit, je

vérifiais trois fois chaque billet et chaque passe-port, toutes les deux heures je comptais mes voyageurs dans les compartiments par peur des permutations sauvages et des clandos discrets. La hantise de perdre un document m'obligeait à trouver des planques incroyables, bac à linge, haut de l'armoire ou sous ma banquette, jusqu'à mon sac personnel. J'avais une telle trouille de ne pas réveiller un voyageur à sa station que je faisais sonner mon réveil toutes les demi-heures, tout en m'interdisant de m'étendre. Le règlement disait: «Gardez vos chaussures!» et je gardais mes chaussures, quoi qu'il advienne. Arrivé à Rome je sentais une telle libération que je me précipitais dans le premier café pour boire un verre de blanc, rien que pour fêter ça. Là-bas, impossible de dormir, ni même d'en avoir envie, je marchais pendant des heures, seul, pas trop loin de la gare. Aller à Saint-Pierre-aux-Liens pour voir le Moïse de Michel-Ange, faire des courses pour Katia, manger une glace Piazza del Popolo. Puis je rentrais à l'hôtel pour une douche-coup de fouet et un rasage obligatoire. À 17 heures, retour à ma voiture et c'était reparti pour une nuit de qui-vive. Le train arrive à 10 h 10, j'étais chez moi à 11, Katia dormait encore, la tradition voulait que je ramène des croissants. Elle me souriait et reculait le moment de me demander comment ça s'était passé. Et moi je n'attendais que ça pour tout déballer en bloc, à rebours. Je le lui racontais comme un roman, comme un film à sus-

36

pense, je voulais capter son attention, l'émouvoir. J'essayais surtout de lui communiquer quelque chose de flou. C'était un rite obligé, la seule manière d'évacuer ces trente-six heures d'un ailleurs pourtant indescriptible. Je voulais qu'elle comprenne.

— Des bêtises... Oui, je comprends ça.

Non, personne ne peut comprendre toute la bâtardise de ce boulot. Ces paquets de voyageurs qui sourient et font la gueule. Je me sentais exposé, responsable de leurs cauchemars, bouc émissaire de leur mauvaise humeur. Je n'avais que vingt-deux ans. Un minot. Katia m'écoutait d'une oreille éteinte, elle était trop loin de tout ça, trop fixe. Elle se demandait comment une accumulation de petits riens pouvait me mettre dans un tel état. Mais quel état ? Une sorte de dérèglement, on ne sait plus si c'est la terre ferme ou si ça gigote encore, dans la tête on sent comme une tempête qui aurait fait voler tous les fichiers de la mémoire. Et la fatigue, une fatigue du trop-plein, une sorte d'extase de l'usure, les paupières qui tombent sur des yeux écarquillés, les os sont chauffés de crampes bizarres, pas douloureuses, les muscles abandonnent mais les bras ont envie de casser quelque chose. La crasse enrobe le tout, une crasse presque présentable, encravatée, une transpiration dix fois séchée par la ventilation. Sans oublier le pire, l'haleine, toujours la même, indéfinissable, un goût de miasmes métalliques dans la bouche. Tous les couchettistes ont le

37

même, on s'échange des recettes, le zan, les oranges, le café glacé, le bourbon, mais rien à faire, on le garde en suspension dans le palais pendant bien deux jours. C'est un goût dont on connaît le bruit, il nous vient de la chaufferie, une acclimat qui nous siffle un air usé et réutilisé, un oxygène fétide qui grésille dans les oreilles. On peut toujours ouvrir la fenêtre, on s'endort giflé, pressurisé, et on se réveille en grelottant. Alors on s'en remet à l'air conditionné qui nous brasse la poussière de couvertures, comme si on avait sucé le drap d'un client. Oui, c'est exactement ça, mais comment le dire à quelqu'un ? Comment lui soumettre une image aussi répugnante ?

Par bonheur la cigarette existe et vient ponctuer l'ambiance, le tabac n'est plus ami ou ennemi, chaque bouffée est mécanique et chaude, la fumée se marie diaboliquement bien avec cette haleine, ils sont faits l'un pour l'autre. Le plus souvent la clope se consume toute seule, planquée dans un cendrier encastré dans le bras du siège et ça n'est plus important, pourvu qu'elle soit allumée. Réduite au rôle d'encens. À Paris je ne tire jamais sur le moindre mégot.

Katia regarde, à demi réveillée, cette silhouette fripée qui n'a même pas l'idée d'enlever sa cravate pour s'étendre, une ombre hagarde qui s'agite dans son incohérence. Je ne sais plus comment allumer le gaz sous la cafetière, j'oublie que j'ai le droit d'ôter mes chaussures, j'essaie de lui demander ce qu'elle a fait,

38

crasseux — grubby

à Paris, mais elle sent bien que je m'en fous. Qu'est-ce qu'elle a bien pu vivre? Du dérisoire, encore plus creux que le mien. Mon dérisoire à moi est hors norme, hors sujet, hors contexte. Je deviens presque méchant, je raille son équilibre, taunt je la soupçonne d'être passée à côté d'un bypass moment, je lui en veux de n'avoir pas connu la moindre petite cassure. Qu'est-ce que j'en sais, après tout? Je suis injuste et elle m'en donne le droit. Je me mets à parler vite, je lui raconte avec passion comment cette nuit-là, dans un train presque désert, un homme en pleurs m'a décrit la mort de sa femme, la veille. Le besoin qu'il avait de parler de cette petite bulle d'eau qui a fait imploser un poumon, la manière dont elle s'est doucement cabrée dans une sourde ? expiration. Et dans le lit de Katia je m'endors au milieu d'une phrase. Elle sort en fermant délicatement la porte. Comme elle le fait à chacun de mes retours.

— Et alors? Il vous faut combien de temps pour vous remettre de tout ce bordel?... Je veux dire... de toutes ces bêtises.

— Hein?

— Eh bien oui... Je suppose que votre boulot demande un peu de récupération... je dirais même un peu d'oubli.

Je reste accoudé à la barre du couloir sans parvenir à émerger complètement. Le souvenir m'a pris en traître, le film de mes douloureux off débuts. Les quelques milliers de voyageurs que guard j'ai rencontrés depuis ne m'ont parlé que de vacances et d'architecture. Et qui a prononcé le mot d'oubli ?

— Oui, l'oubli... Avant il me fallait quinze heures de sommeil dans mon propre lit avant d'y voir clair et de reprendre un rythme normal. Maintenant c'est à la seconde précise où je pose le bout du pied sur le quai de la Gare de Lyon. Dès que le train s'arrête je sors tous les voyageurs, je passe dans la voiture pour voir si personne n'a rien oublié, je descends. Et là...

— J'imagine...

— C'est un bonheur divin, un cadeau céleste. Mais ça ne dure que quelques secondes, le temps d'arriver au bout de quai. On a l'impression d'une expédition qui a duré des siècles. On se sent sale et heureux.

Il rit et me tape à nouveau sur l'épaule. Cette fois c'est plutôt un geste paternel.

— Je vous rends hommage pour au moins une chose, c'est votre maturité en ce qui concerne votre appréciation du temps. Je veux dire le temps qui passe, et en général les jeunes gens n'y attachent aucune importance.

— Comprends pas.

— C'est simple, un gars de vingt piges n'a pas de sablier dans la tête, pour lui il est toujours midi ou minuit, il est capable de tout casser pour avoir satisfaction dans la minute même, mais il est tout aussi capable de perdre des heures et des jours pour un détail ou une impression. C'est un peu normal, il sent qu'il a du temps devant lui. Moi aussi j'étais comme ça. Vous, non. Vous avez une notion du long terme qui n'est pas de votre âge. En gros, vous semblez avoir compris ceci de fondamental ; il y a deux choses auxquelles il faut accorder de l'importance : l'instant et la patience. Il faut savoir vivre les deux.

Je suis scié. K.O. Jamais entendu ça. Je n'ai pas trop bien compris mais je vais tout noter sur un bout de papier pour y cogiter un peu, cette nuit. Il est temps de rentrer, d'ailleurs.

— Faut voir, je dis, en faisant mine d'avoir pigé. En tout cas je m'en souviendrai, merci du tuyau. Sur ce, si vous avez un problème, venez me voir.

— Je n'en aurai pas. Tout ce que je veux c'est dormir. Dormir...

Je vérifie si tout est prêt pour la douane. Les Français passent en premier et ne regardent que les feuilles de déclaration, des fois qu'un voyageur soit suffisamment stupide pour y notifier : « les cinquante briques que le fisc n'aura pas ». De temps en temps ils appellent le central au talkie-walkie pour une identité, un R.A.S. crépite, et ils passent à la voiture suivante. Les Suisses sont moins routiniers mais tout aussi prévisibles dans leur paranoïa de l'immigration clandestine. Tout exotique individu doit se munir d'un visa de transit, et ce, uniquement pour traverser leur cher petit paradis, à une vitesse de 160 pendant deux heures, sans y poser le pied. Ça pourrait être drôle si ça ne coûtait pas 120 FF. Personne ne le sait et peu d'entre eux l'ont, les autres sont débarqués à la frontière, même avec un passeport en règle. Un jour j'ai demandé à un douanier quels pays avaient besoin d'un visa. Réponse : l'Asie, l'Afrique, le Proche et Moyen-Orient, l'U.R.S.S., et une

43

variété choisie d'Amérique du Sud. Un autre soir j'en ai vu un me demander aussi sec: «T'as du nègre?» Celui-là, au moins, avait l'avantage de la concision. Le genre qui annonce la couleur. Et justement il en avait trouvé un, Sénégalais, avec lequel je discutais le coup un peu avant Vallorbe. Étudiant en droit à Dakar, le pauvre gars s'était entendu dire:

— Toi besoin visa, toi descendre.

— Mais je ne savais pas... je vous assure...

— Toi descendre, j'ai dit.

Il s'est contenu, leur a offert un sourire bwana et m'a serré la main en descendant. Avant de changer de voiture le Suisse m'a tout de même demandé depuis combien de temps on se connaissait, le nègre et moi. À cela il n'y a aucune parade, on peut tout juste travailler sa faculté d'abstraction et peut-être imiter le cri déchirant du coucou.

— Venez immédiatement dans mon compartiment!

Il m'a fait sursauter. Quand on entre chez moi sans frapper je suis capable de tuer. C'est le 23, celui du billet foireux.

— Calmez-vous et parlez-moi autrement. C'est encore à cause de votre billet?

— On m'a volé mon portefeuille! Voilà, et j'avais tout là-d'dans! Mon fric, mon billet, mon permis, tout.

Il a voulu le garder, son titre de transport à la con. C'est bien fait, il aurait dû me faire confiance.

44

— Vous êtes chargé de surveiller, non ? Vous avez parlé de voleurs, tout à l'heure.

C'est vrai mais pas sur le parcours français. Ces trucs-là n'arrivent qu'en Italie.

— Je ne suis responsable que des billets et des passeports en ma possession.

— C'est toujours comme ça, y'a plus personne ! je veux retrouver mes cinq mille balles et ma carte bleue. Si je tiens le salopard... !

Je le précède dans le couloir et débouche dans le compartiment 2. Le dormeur sibyllin de tout à l'heure fouille les couchettes, et l'Amerlo est à quatre pattes par terre, la tête enfouie sous la banquette. Apparemment, rien que de la bonne volonté.

— Mais ça fait un quart d'heure qu'on cherche ! On me l'a piqué je vous dis !

— Vous avez quitté le compartiment depuis le départ ?

— Dix minutes, pour acheter un sandwich, monsieur et monsieur étaient dans le couloir, dit-il en montrant du doigt ses colocataires.

— Et vous laissez votre portefeuille, comme ça ?

— Je sais plus. J'ai enlevé ma veste un moment... je sais plus.

L'Amerlo se relève.

— Rien en dessous.

Et se rassied, tranquille, vers la fenêtre, jugeant sans doute en avoir suffisamment fait. Le dormeur l'imite en secouant les bras, gêné.

— Mais puisque je vous dis qu'on l'a volé, VO-LÉ, je peux pas l'avoir perdu, quand même !

— Hé... ho, quand on est capable de se le faire voler on est capable de le perdre. Alors maintenant tout le monde sort d'ici, je désosse la cabine et on voit.

En quelques coups de clé carrée je réduis tout le compartiment en pièces détachées. Rien.

— Et alors ?! C'est pas ici qu'il faut fouiller, c'est tous les autres compartiments, tout le train s'il le faut ! Ça ne va pas se passer comme ça !

Un fou mégalomaniaque. Harpagon qui chiale après sa cassette, fier de son bon droit de victime. Bizarrement, ses jérémiades me donnent envie de dormir mais ce n'est pas le moment de bâiller. Il va bouffer sur mon temps de sommeil. Le pire c'est que nous avons les douaniers dans vingt petites minutes, et j'en connais qui sont tout à fait capables de mettre les pieds dans le plat.

— Vous devez bien savoir ce qu'on fait dans ses cas-là ! ! !

— Ouais... on appelle le chef de train pour faire un constat... Je sais, c'est pas lourd.

— Un quoi ? Mais je m'en fous de ce papier... je veux mon argent et ma carte bleue, nom de Dieu !

De retour dans ma cabine je saisis le téléphone. À part les annonces contre le vol je n'utilise ce machin qu'à des fins jubilatoires. Ou vengeresses, comme la fois où un contrôleur éméché s'est vaguement foutu de ma gueule. Un quart d'heure plus tard j'ai saisi l'appareil pour

46

dire : «Mesdames et Messieurs les voyageurs, nous vous informons que le train est plein, et que le contrôleur aussi.» Il a compris que c'était moi mais n'a jamais pu vérifier. Ce soir, je vais rester courtois.

« On demande le chef de train dans la voiture 96. »

Voilà qui va être mal accueilli. À 23 h 30 le chef digère son graillon bien arrosé dans une cabine vide et s'apprête à descendre pour rejoindre une paillasse du foyer S.N.C.F. de Vallorbe en attendant un omnibus qui le ramènera chez lui. Si c'est un Grenoblois ça ira, mais si c'est un Parisien il attendra le Galileo du retour qui passe à 2 h 59. Des p'tits trous, toujours des p'tits trous.

Retour vers le drame, compartiment 2. À 23 h 30 un voyageur pour Venise perd son portefeuille et déraille. Cet idiot a déjà investi les compartiments 1 et 3. Des gens dans le couloir regardent, amusés, avec une main rassurante dans la poche intérieure.

— Qu'est-ce qu'il fout votre chef de train ?

— Il arrive, mais de toute façon il descend dans un quart d'heure, son parcours est terminé. Il passe le relais aux contrôleurs suisses.

Mais je sais déjà ce que va dire le Suisse avec son insupportable accent : «Le vol a été commis en France ? Eh ben nous on peu rien fèèèèère.» Logique kafkaïenne et frontalière. Ce soir, je n'ai pas fini d'en entendre.

On vient de ralentir imperceptiblement. Je

reconnais au loin, dans le noir, ce bizarre édifice bariolé, une sorte de château d'eau camouflé par un fauviste. Kilomètre moins vingt-cinq. Le trois-étoiles fait une sale tronche.

— C'est toi qu'a appelé ?

Il a encore en mémoire notre altercation de tout à l'heure et pense que je le fais exprès. J'expose les faits en trente secondes. J'imagine ce qu'il a dans la tête : « Fallait que ça tombe sur moi. » Je me sens solidaire. Il renifle, inspecte, tâtonne et délibère.

— Je descends dans dix minutes, j'ai juste le temps de faire un constat de vol et perte.

Il sort un bordereau et l'aboyeur explose. Mais trois-étoiles n'a pas envie de discuter.

— Écoutez, je ne peux rien de plus. On arrive à la douane, eux ce sont des gendarmes, attendez voir ce qu'ils diront.

— Je vais leur parler, vous allez voir, ils vont tout fouiller !

Il ne lâche pas le morceau mais au moins, je ne suis plus concerné. Qu'ils se démerdent. En revanche, le Ricain se redresse pour dévisager tous les occupants du compartiment. Le dormeur détourne les yeux.

— On peut... chercher encore un peu, dans le restaurant peut-être..., fait le Ricain.

Personne ne réagit. Sur ce je rentre chez moi et claque la porte radicalement pour m'isoler de tout ce bordel. Je fais coulisser le fauteuil qui devient lit et prépare mon couchage façon pro. Plier une couverture dans le sens de la largeur

48

et l'introduire dans un drap-sac de façon à obtenir une couette. Répéter l'opération avec une seconde couverture et se glisser entre les deux, la tête posée sur deux oreillers. C'est moelleux, chaud, et ça évite d'attraper des saloperies. La seule fois où j'ai vu des types nettoyer les couvertures ils portaient un masque et vaporisaient une pluie étrange avec des sulfateuses. Il faut être cinglé comme un voyageur pour dormir torse-nu à même la chose, et j'en vois souvent. Et puis il est impossible de dormir engoncé dans le sac à viande si on se lève vingt fois dans la nuit. Je suis en retard sur mon emploi du temps, en général je prépare mon pieu à Dole. C'est souvent là que je réalise combien Paris est déjà un souvenir. Plus je dormirai et plus vite je serai chez moi et là je ne me coucherai plus, le voyage suivant est trop vite arrivé.

Les soirs comme celui-là je maudis tout le système ferroviaire. Le train, l'imaginaire du train, les films, les romans, toute cette aura sacrée autour d'un lombric en tôle qui fait kataklan kataklan, et ensuite tata tatoum tata tatoum quand il a pris un peu de vitesse. Tout ça m'agace. En fait je suis profondément sédentaire, j'aime ouvrir ma fenêtre sur l'immuable boulangerie d'en face. Mais quand je roule, c'est la loterie, le rideau peut se lever sur le jour ou la nuit, la ville, la campagne, la gare. Je peux me retrouver nez à nez avec un banlieusard de Vérone, l'œil collé contre ma vitre, curieux de surprendre un Parisien endormi. Au début je trouvais ça drôle, je me goinfrais d'imprévisible, et désormais je le fuis comme la peste, comme ce type qui se fait voler son portefeuille, et qui me crie dans les oreilles. Dans ce boulot, je ne trouve plus aucune poésie, aucune excitation, depuis quelques mois je commence à aimer la régularité, la constance, c'est la seule dynamique viable au quotidien. Quitte à passer pour un petit vieux auprès de mes copains de Paris.

En deux ans j'ai vieilli de dix, et c'est tant mieux.

La lumière est éteinte. Dans trois secondes je pourrai percevoir les points fluo du réveil. J'aurais peut-être dû accepter ce Florence, j'en aurais profité pour me reposer de cette journée de dingue, à Paris. Courir d'urgence dans les bibliothèques, Beaubourg, Chaillot, le C.N.C., compiler une masse de renseignements sur des metteurs en scène, libeller des fiches pour le Larousse du Cinéma. Coup de fil paniqué, ce matin, il leur manquait la biographie de Luc Moullet, et c'est pas le plus facile à pister. Si vraiment j'obtiens le poste qu'ils me font miroiter depuis trois mois je laisse tomber les Wagons-lits avec perte et fracas, et sans préavis. On toque à la porte. J'étais presque sur le point de faire totalement abstraction du train.

Le Ricain ? Il est à peine reconnaissable, son visage a changé, ses yeux aussi. Ses yeux surtout.

Il veut entrer presque de force dans ma cabine et, pris de court, je le laisse me déborder.

— Écoutez-moi. C'est spécial, très spécial...

Il chuinte le ch, ça devient «spéchiol». Il veut sûrement dire «grave» ou «urgent». Je réfrène un «calmez-vous». C'est une phrase que je prononce trop souvent.

— Le type chez moi est fou pour sa carte bleue... cinq mille francs... S'il parle avec la police qu'est-ce qui se passe?

Un léger pincement, vers mon ventre.

— Ben heu... ils vont vérifier... je ne sais pas... c'est la première fois que ça m'arrive... Un soir, pour un viol, ils sont passés dans tout le train avec la fille pour qu'elle reconnaisse ses agresseurs. Ce soir je ne sais pas... C'est moins important...

— Ils vont vérifier les passeports?

— C'est possible. Vous étiez dans la cabine, vous êtes un peu... un peu suspect...

Prononcé du bout des lèvres mais il a parfaitement saisi. Sa langue propulse quelques positions d'injures.

— Il ne faut pas.

Silence.

La voilà, l'embrouille. La vraie.

— Il ne faut pas quoi? Qu'on regarde votre passeport?

— Il faut être à Lausanne à 2 h 50.

— Mais vous y serez, on ne va pas retarder le train pour un portefeuille!

Il regarde ma cabine et cogite à toute vitesse.

— On peut payer ce type, non ? Dix mille s'il ferme sa gueule.

« Fermer sa gueule. » Son français est relativement malhabile mais ça, il l'a parfaitement dit. Dix mille... Il se croit à New York. Là-bas ça marche peut-être.

— Je ne vous le conseille pas.

Il frappe du poing sur son torse et vitupère une phrase dans sa langue, un crachat des bas-fonds, un bruit de haine, de piège. L'impasse, le cul-de-sac. Dead end. J'ouvre et le pousse dehors, il refuse de sortir, une seconde, et me fixe droit dans les pupilles.

— Il ne faut pas. Je ferai tout pour ça, vous comprenez ?

Mon cœur s'accélère, j'ai juste le temps de saisir ce qui me reste de souffle.

— Sortez d'ici. Get out ! You know, I'm working on these fucking trains for four thousands five hundreds fucking francs each month, vous comprenez ? So get out of here right now. O.K. ?

Il sort, regarde vers le couloir. Son visage se transforme à nouveau, mais dans le sens inverse, comme un regain de calme. Du coup je respire un peu aussi.

— Au point où vous en êtes il vaut mieux me dire ce que vous risquez. Vous préférez qu'on parle anglais ?

Il sourit. Un sourire sale avec des dents bien blanches. Cette fois il n'est plus du tout inquiet, sa voix ne chevrotte plus. Une décision a été prise et je crois que rien ni personne ne s'y opposera.

— Il est possible de cacher quelqu'un ici..., dit-il en montrant ma cabine.

Ce n'est pas une question, c'est juste une affirmation simple et claire.

— Pardon? Vous plaisantez? You're joking...?

— Vingt mille pour toi si quelqu'un passe la Suisse ici. Correct? Ça fait quatre mois de travail, no? Juste deux heures et le type descend à Lausanne...

Je ne réalise pas très bien. Dans ma misérable carrière ça ne m'est arrivé que deux fois. La première avec un Argentin sans visa qui me proposait cinq mille, et j'ai refusé. Ce soir je vais refuser pour le quadruple. Quatre mois de boulot, c'est vrai. Je ne visualise même pas la somme, je ne peux que convertir en salaire. Je vais refuser, et même pas par éthique. Par peur de la taule. jau

— Ne me dites surtout pas pourquoi vous voulez passer. Sortez de cette cabine. Je ne suis pas fonctionnaire, je ne suis pas flic. Je veux juste être tranquille. Pas d'emmerdements... vous comprenez «emmerdements»? No trouble.

— Trente mille. Ce n'est pas affaire de gangsters ou dope ou rien de mal...

— Alors vous avez peur de quoi?

— Moi? Rien. Je peux aller en Suisse. Mais pas mon ami.

— Hein? Vous vous foutez de moi, quel ami? Votre histoire pue... It stinks.

Je pousse son épaule avec la porte. Il est plus fort que moi. Désormais il me toise en ennemi. Un autre soir, dans une ruelle sombre, un tel regard aurait signifié ma mort sans appel.

— You don't want trouble but looking for it. O.K.

Il relâche sa poussée, sans insister, comme pour me dire que c'est trop tard et qu'il se débrouillera sans moi. Quelques gouttes de sueur perlent dans mon col, nous commençons à ralentir, j'ouvre un peu la fenêtre. Il fait plus frais mais le bruit décuple, il faut choisir. Je me souviens du regard de l'Argentin après mon refus, j'ai lu dans sa pensée. J'avais la drôle d'impression d'avoir tué sa démocratie, moi tout seul, et de l'avoir contraint à l'exil.

Dans cinq minutes, les flics.

J'aurais sûrement dû accepter le Florence. Après tout, ça ne m'éloignait pas beaucoup plus de Paris. 8 h 30 vendredi matin. Comme tout le monde.

*

Le coup a bloqué mes genoux contre la paroi et mon bras droit s'est planté au sol. Debout, ma tête aurait heurté une étagère. Le train s'est figé dans la nuit après quinze mètres de freinage et ça ne laisse pas beaucoup de temps pour se retourner, à peine huit secondes pour passer de

54

120 à 0. L'alarme est brûlante, je ne la connais pas bien. En deux ans, quatre fois. Je me relève et sors dans le couloir le plus vite possible, sans même remettre mes chaussures. Le choc, la surprise, la sirène, la gueule des gens, les pyjamas mal fagotés, les contrôleurs qui vérifient les poignées une par une pour arrêter le système. Je croise le trois-étoiles qui ne me dit rien, il a oublié que j'étais le couchettiste. On a pu la tirer n'importe où dans le train, à dix voitures de la mienne. Les voyageurs, eux, ne m'oublient pas et les questions fusent. Un gosse pleure et sa mère lui frotte le front. Branle-bas dans le couloir. Un petit coup d'autorité devient nécessaire.

— Rentrez dans vos cabines pour faciliter le travail des contrôleurs !

Tu parles... Autant pisser sur une motrice, ils ont décidé de ne pas m'entendre. Je dois me les faire un par un à grand renfort de s'il vous plaît. Ce n'est pas la panique, non, ça ressemble plutôt à du voyeurisme ordinaire, comme l'attente du bang après un crissement de pneus. Un courant d'air froid passe sur mon visage près du compartiment 1, à l'opposé de ma cabine. Les fenêtres sont pourtant fermées. Sur la plate-forme arrière je vois le trois-étoiles retirer sa casquette, il entre dans les toilettes et la sonnerie cesse aussitôt. La portière du fond est ouverte. Le mouvement est simple, l'alarme a été tirée des chiottes et le type s'est évaporé dans la nature trois secondes plus tard. Je passe le nez dehors, trois-étoiles est au bas du marchepied, on ne discerne rien, un feu rouge, peut-être, au loin, en tête de train.

— Tu vois quelque chose, toi?

Pas de silhouette désordonnée, aucun mouvement hormis une brise qui passe dans les buissons. Le trou noir.

Il remonte, une grappe de voyageurs curieux nous pousse presque dehors, des questions sans intérêt, la fraîcheur de la nuit a séché ma transpiration. Il claque la portière en criant quelque chose aux badauds, et ça marche.

— Et toi, sors-moi ton schéma, les billets et les réservations, je vais chercher le collègue et on te retrouve chez toi.

La totale. Une liste complète des voyageurs, avec les montées et les descentes. Pour répondre à une seule question: qui? Je retourne chez moi, une petite dame en chemise de nuit a passé la tête dans ma cabine. Même pas eu le temps de fermer, tout à l'heure, et j'ai horreur qu'on mette le nez dans mes affaires.

— Qu'est-ce qu'elle a madame 46? Elle veut quelque chose madame 46?

Elle file direct vers sa couchette 46, sans demander son reste. À priori personne n'a touché aux papiers, j'ai l'habitude de les planquer dans un recoin invisible si l'on ne connaît pas le local. Tout y est. Je m'allonge en attendant les assermentés. Le brouhaha diminue dans le couloir.

J'aimerais bien connaître le bilan, gosses tombés de leur couchette, petits vieux encastrés

56

dans la vitre des chiottes et toute la liste des joyeux traumatismes et commotions.

Qui ? Ils veulent vraiment savoir ? C'est l'Américain, et pour l'instant moi seul le sais.

J'ai son billet et son passeport. On frappe.

— Je vous l'avais bien dit, hein ? Je suis tout seul dans mon compartiment, ils se sont barrés tous les deux avec mon portefeuille. Ils étaient de mèche, c'est comme je disais, et personne ne les a fouillés pendant qu'ils étaient encore là.

Tout seul... ? Le dormeur est parti aussi ? C'était lui, l'ami... Son ami qui ne pouvait pas passer la frontière. Celui qui ne pensait qu'à dormir. Ils ne se sont jamais parlé. Je devrais dire quelque chose pour faire bonne figure devant l'aboyeur, mais quoi ? Il a tort et raison, je ne sais plus ce que je dois dire aux flics. Pour en arriver à fuir en laissant son passeport il faut avoir de sérieuses casseroles au cul, un truc international, Interpol et tout le bordel. J'en sais rien...

J'attends les contrôleurs, la douane, je fais tout ce qu'on me demande et basta, bonne nuit. Galileo, tu m'emmerdes.

*

Ils ont pris mon nom avant de partir, vers minuit et demi, soit vingt minutes de retard sur l'horaire. J'ai parlé de la tentative de bakchich du Ricain, histoire d'être couvert, au cas où. Les flics jouaient du talkie-walkie avec le central mais je n'ai pas réussi à comprendre si les deux autres étaient recherchés. Comment se fier à la gueule d'un douanier ? Impossible de déceler un mouvement de surprise, une émotion. Un jour j'en ai vu un débusquer un mouchoir bourré de diamants au fond d'un sac de bouffe. Le passeur avait en outre une petite toile ex-voto volée trois mois plus tôt dans une abbaye, et le douanier semblait penser à autre chose, sa femme, son lardon qui sèche les cours, sa sonate préférée.

L'aboyeur s'est un peu calmé devant ces nouvelles casquettes, c'est bien la preuve qu'un contrôleur S.N.C.F. ressemble plus à Gnaffron qu'au gendarme. Pas un quidam dans le couloir, plus de curieux ni de badauds, comme s'ils avaient tous un kilo de coke dans la besace. On regarde par terre en attendant que ça passe. Moi aussi, souvent, mais justement pas ce soir. Je baille à n'en plus finir et manifeste un ennui profond.

Le calme est revenu, le Ricain se les gèle dans un fourré, l'autre ne doit pas jouir de tout le confort voulu, les flics s'en chargent, demain je m'offrirai un jus au Florian, et après-demain, auprès de ma brune, à Paris. Mais avant tout cela, dormir, dormir la nuit et le jour, rêver, partout, tout le temps, tout de suite.

Éventuellement ils pourraient me contacter à Paris pour une déposition. Tout ce qu'ils veulent pourvu qu'ils se cassent. Les douaniers suisses passent rapidement et s'éloignent sans rien demander. Richard me surprend en plein étirement.

— Le boxon, c'est chez toi ?

— Demain. Je te raconte ça demain.

— Et cette connerie d'alarme ?

— Désolé. Tu t'es écrasé le pif en perçant ta télé ?

— Marre-toi, on a perdu du temps pendant l'alarme et vingt minutes à Vallorbe, les Suisses vont essayer d'en rattraper quinze et les Ritals se feront un plaisir de rallonger la note de deux heures.

Il y a des chances. Un conducteur de loco français ou suisse gagne une prime s'il rattrape un retard, à l'inverse de l'Italien qui est payé en heures supplémentaires. Voilà le secret des retards dans les trains ritals. Un jour où j'attendais une correspondance en gare de Prato je vois arriver le train avec quatre heures de retard. Je rigole doucement en passant devant un contrôleur des lymphatiques « Ferrovie dello Stato ».

— Alors, les F.S., toujours à l'heure, hein ? Quatre heures, vous déconnez un peu quand même, non ?

Et là il affiche un sourire défiant toute ironie.

— Et encore ! Celui sur lequel tu viens de monter, c'est celui d'hier...

Vingt-huit heures de retard. J'ai fermé mon clapet.

Richard soupire.

— Ça va te servir à quoi d'arriver à l'heure à Venise ?

— Y servent plus après dix heures chez Peppe, et en plus j'ai une partie de scopa prévue à neuf.

— C'est terrible... je sais bien ! C'est le salariat. Bon, va te pieuter. J'attends les contrôleurs suisses et je m'écroule, O.K. ?

Il retourne chez lui, dépité, en deuil de sa partie de cartes. Éric n'est pas venu me voir. Je peux me compter un ennemi de plus à la Compagnie internationale des Wagons-lits et du Tourisme. On verra ça plus tard. Il y a toujours moyen de recoller les morceaux.

Il est de rares moments de quiétude dans ces putains de trains, comme la dernière clope, allongé dans le moelleux des couettes, déchaussé, l'œil traînant dans la pénombre du relief helvétique. La der des der avant le repos est une sorte de béatitude de type paternel, les petits sont couchés, je les réveillerai demain, très tôt, et ce sera pénible pour eux comme pour moi, mais ce soir la cendre rougeoie au bout de ma cigarette, le train ronronne et la lune va diffuser une lueur bleutée dans le noir de ma cabine.

Bonne nuit.

Je ne les ai même pas entendu entrer. Ils m'ont agressé les yeux avec la lampe du plafonnier. Une lumière crue et jaune qui m'a poignardé d'en haut, à peine assoupi. Comment peut-on être suisse et contrôleur ? Ça fait beaucoup.

— Tu dormais ? T'en as combien ?

Et leur accent qui ondule, un relief crétin, comme leurs paysages.

— Je ne dormais pas, je préparais la banderole. J'ai trente-sept personnes.

— Avec ou sans les...

— Les fuyards ? Sans. Les douaniers ont gardé leurs billets, les autres sont là.

Il se tait malgré une sérieuse envie d'en savoir plus sur l'affaire, mais il a bien vu que je n'encourageais pas le dialogue. Je veux qu'il éteigne la lumière et qu'il s'en aille. Les gens des Chemins de Fer Fédéraux sont relativement placides, bornés et avares de paroles inutiles. Je ne peux pas leur enlever ce côté Sioux, un Italien m'aurait déjà fait cracher les détails sous la torture. Autre avantage, un Suisse est capable de cribler une pile de billets en vingt secondes, façon Al Capone. Et Ciao.

— Y'a problèèème.

— Hein... ?

— Il manque un billèèet.

— C'est une plaisanterie ? Je suis sûr d'avoir trente-sept voyageurs !

— Je sais, j'ai vérifié avant d'entrer. Mais t'as que trente-six billèèets...

Gros problème. Il va me chercher l'embrouille. S'il dit trente-six c'est sûrement le nombre exact, ils sont capables de tomber pile rien qu'avec un coup d'œil sur le tas.

— Alors? Le billèèèt?

Trouver rapidement une explication.

— Oui! Ça y est! C'est le type qu'on a volé, il avait gardé son billet sur lui, ce serait trop long à expliquer, bref on lui a tout piqué et son billet avec. Youpi!

— Il voyage sans billèèèt, alors?

— ...

— Alors?

Il est là le problème. Un Helvète est incapable de reconnaître la notion d'exception. Le cas d'espèce. Pour eux, même un cadavre est censé avoir son titre de transport. Je me vois en train de réveiller l'aboyeur pour lui faire payer un P.-V. Merde et merde. Je suis crevé et ce Suisse me pompe l'énergie qui me restait afin de tenir debout.

Il n'y a pas que ça. Quelque chose déconne dans cette cabine.

Moi sûrement, mais pas seulement. Je sens quelque chose de volatile, d'impalpable. Ça flotte dans l'air. Ce n'est pas comme d'habitude.

— Alors?

Le rail me résonne dans la tête, le Suisse attend une réponse, j'ai l'image de Katia endormie. J'ai besoin d'une cigarette.

— Fais-lui un P.-V. sans taxe, sois sympa, on va pas l'emmerder, il a perdu tout son fric.

C'est la première fois que je demande à un Suisse de faire un geste. En essayant d'y mettre le ton.

Et puis... Je sens quelque chose... cette cabine je la connais, j'ai vécu ce moment cent fois, mais

62

ce soir quelque chose ne colle pas. Une clope oubliée quelque part... ou peut-être un bruit bizarre dans la ventilo...

— Un P.-V. sans taxe? Je demande d'abord au collèèègue, on va voir.

Dès qu'il sort je suis pris d'une envie fébrile de fouiller partout, à commencer par mes propres bagages. Je défais le lit et regarde sous la banquette. Un bruit? J'ai entendu un crissement, un son de bois qui peine. Ça vient peut-être de la cabine attenante, la 10, une couchette mal enclenchée. Ou le bac à linge, une pile de draps qui dégringole. Je soulève la trappe, à tout hasard.

Un œil. Grand ouvert. Qui me regarde. La trappe retombe comme un couperet et je pousse un cri. *axe*

— Hé doucement... c'est moi. Mon collèèègue est d'accord pour le sans-taxe. Encore un qu'a d'la chance...

Du pied, le Suisse a poussé la porte entrebâillée au moment où j'allai tomber par terre. Ne rien dire. Rien. Je ne veux rien. Si, de l'oubli, rien de plus. Et celui-là qui s'installe sur ma banquette pour rédiger son P.-V. de merde. Il ne faut pas qu'il entende le bruit, le bruit du bois. Il va voir l'œil. Et là c'est foutu, je serai coupable, on va m'écarter du rail pour m'immobiliser quelque part. Je sais trop bien ce qui arrive si on débusque un clando. Et planqué dans ma propre cabine.

— J'ai un compartiment libre... tu seras mieux, je dis, à mi-voix.

Pas de réponse.

Je ne demandais rien, j'ai toujours évité les emmerdements, je n'ai jamais <u>arnaqué</u> personne, j'ai toujours refusé les clandos et ce soir j'ai un œil qui me fixe du fin fond d'une pile de draps, un Suisse galonné refuse de sortir de chez moi, un dingue de Ricain m'a menacé et l'alarme a sonné. Je vais faire dégager tout le monde d'ici... Laissez-moi faire mon boulot peinard... Il est déjà assez pénible comme ça...

Nous avons un mouvement de tête simultané. Un ralentissement. Lausanne approche.

— Je termine le P.-V. après Lausanne. T'as du monde qui monte ?

— Personne.

Il sort pour au moins trois minutes. Pendant les arrêts, ils peuvent aussi bien descendre que donner un petit coup de lanterne du haut d'un marchepied. Je soulève la tablette et reconnais l'ami du Ricain, le dormeur, prostré, avec un genou ramené vers le corps et l'autre enseveli sous une marée de draps. Il me supplie des yeux, dans cette position on ne peut faire que ça, implorer du regard.

— Ne bougez pas, le contrôleur est juste derrière.

Il essaie de dire quelque chose et déglutit, sa jambe doit lui faire mal, il tente de la ramener vers lui.

— ... Merci... Je dois... descendre... à Lausanne...

Je rabats la tablette qui claque à ras de son nez. Merci?! Pauvre pomme, je fais ça pour moi, toi tu peux bien crever tout de suite et n'importe où, sauf dans ma cabine. Le train s'engage sur un quai, à 1 h 30, comme prévu. L'Américain avait parlé d'une échéance à Lausanne. Il faut que je me débarrasse de ce poids mort dès maintenant, à l'arrêt, ça m'évitera de le jeter par la fenêtre sur le parcours, du haut d'un petit col enneigé. Personne n'y verrait rien et je pourrais enfin dormir en paix.

Mais ce Suisse pourri a décidé de ne pas descendre, il lance un mot à son collègue, agite sa lampe, et tout ça du couloir. Il faut que je l'écarte de là pour faire sortir l'autre clando de merde.

— Hé! J'ai l'impression qu'un type veut monter à contre-voie. C'est quoi ton prénom? Moi c'est Antoine.

— À contre-voie... Si c'est pas un machino je lui souhaite du courâââge, on a le Simplon juste à côté.

Raté. Le con...

— Et y'a mon collègue de la 95 qui panique, il a vu un gars avec un chiffon sur la tête qui vient de laisser une mallette dans son soufflet.

Son acolyte lui hurle quelque chose en allemand, un incompréhensible R.A.S. Des Zurichois? Voilà pourquoi je les trouvais coriaces, ce soir. Il cesse d'agiter son lampion, le pose à terre, referme la fenêtre et se retourne vers moi en posant les poings sur ses hanches.

— Je sais pas ce que t'as toi, ce souâââr. Je te promets que s'il y a rien dans les soufflets je te colle un rapport. J'aime bien les Français mais il faut pas pousser le bouchon.

— ...

— Alors ? J'y vais, voir ton collèèègue ?

— Ha non, je plaisantais, avec toutes les histoires de terroristes en ce moment...

Ce soir je ne me reconnais plus. Je suis obligé de la boucler devant un Suisse, et j'ai mal. D'habitude tous les sarcasmes inimaginables y passent, j'évoque leur fameuse recette du couscous, je sers tous les jeux de mots nuls sur l'emmental, je fais l'éloge du chocolat belge et une étude comparative des coucous, et je demande des renseignements précis sur la position idéale de la langue pendant le yoddle. Beaucoup s'y prêtent, certains m'opposent un mépris souverain et je jubile, toujours, à l'idée de déconcerter un démocrate mou, inculte, et économiquement fort. Je ne connais rien de plus savoureux que d'être pris pour un con par un Suisse. Mais ce soir Antoine va baisser d'un ton.

Le bruit lourd des ressorts de la portière se met en branle et un souffle glacé vient troubler notre face-à-face. Nous restons figés, hébétés sans qu'il y ait de quoi, en attendant que ça grimpe. Mais celui qui vient d'ouvrir n'est pas pressé. Une main s'accroche lentement à la poignée pour hisser le reste du corps à bord. Une

66

silhouette bleue surgit, un grand manteau bleu marine surmonté d'une tête très blonde aux cheveux raides, des yeux angéliques, une peau blanche et un regard qui rend impossible toute considération sur l'individu avant qu'il n'ouvre la bouche. Il m'a tout de suite fait penser à un guitariste des Stones, mort dans une piscine. Dès qu'il s'est mis à parler une volute d'air chaud s'est échappée de ses lèvres.

— Pardon messieurs, je suis bien dans la voiture 96 ?

Je lance un «oui» franc et clair, à peine masqué par le «ouaaais» du C.F.F.

— J'attendais deux voyageurs arrivant de Paris et je suis étonné de ne pas les voir.

La porte est restée ouverte mais c'est plutôt une bouffée de chaleur qui me sort des pores. J'ai même l'impression que ce type parvient à discerner le halo d'émanations autour de moi. Je sais bien de qui il veut parler.

— Des voyageurs de CETTE voiture ? Ils ressemblaient à quoi ? je demande.

— Il y avait un homme assez fort, brun, avec un accent anglo-saxon. L'autre... était français.

Il n'en sait visiblement rien. Il recule d'un pas et regarde dehors, fait des gestes avec les mains mais je ne peux pas voir à qui il s'adresse. Le Suisse pointe l'index vers moi.

— Demandez à ce monsieur.

Je ne sais pas quoi répondre.

— J'en sais rien... allez dans la 95 ou la 94, il

y a souvent des changements de dernière minute dans les réservations.

Un coup de sifflet sur la voie, le contrôleur s'engouffre dans ma cabine. Je ne dois pas le laisser seul.

Second coup de sifflet.

— Trop tard, désolé, on démarre, vous restez jusqu'en Italie ou vous descendez ?

Il n'avait sans doute pas prévu de se retrouver là, coincé dans cette alternative, mais un battement de cils lui a suffi pour choisir. Il veut le dormeur, et j'aimerais tellement le lui donner.

En descendant il me regarde de trois-quarts et dit, sans souci de se faire entendre.

— C'était un rendez-vous très important, vous savez. Le cynisme des pauvres s'épuise toujours très vite par manque de moyens.

Il claque la portière lui-même. Pourquoi cynique ? Je n'ai pas été cynique. Il ne me connaît pas, il ne sait pas de quoi je suis capable. La buée et l'obscurité m'aveuglent mais je parviens à discerner un geste de sa main vers une silhouette noire qui se met à courir vers la tête du train. On démarre avec une incroyable lenteur, je supplie le lombric 222 de s'envoler à l'aplomb vers la Voie lactée en crevant une nappe de nuages.

— Fèèèrme la porte, on gèle.

Avant d'obéir je m'accroche à la fenêtre pour saisir la petite seconde où elle passera dans l'axe du beau blond. Ma carcasse immobile passe au-dessus de sa tête, immobile aussi, mais ses

68

bras s'agitent comme des tentacules dans les poches de son manteau. Pour un peu il m'en sortirait un renard fou, une guitare, une poignée de braise ou quoi que ce soit expliquant des gestes aussi désordonnés. Mais l'instant est court, nous nous toisons déjà de biais. Et maintenant de loin, trop pour apercevoir le lapin blanc. La machine glisse devant lui et le plante là, seul, comme un magicien en deuil de poursuite. Absolument seul.

Et maintenant, occuper le contrôleur.

Parler, dire des phrases, faire déferler des vagues de mots et reprendre mon souffle au ressac, faire chanter à mon gosier une litanie monocorde, vomir avec propreté un bla-bla vide de sens, avec juste assez de ton pour donner l'illusion d'une structure. Je cherche le K.-O. verbal, le travail aux tympans, gauche, gauche et pan, il vacille. Et je souffre de m'imposer un tel exercice, moi qui hurle au silence depuis mon arrivée dans cette voiture. Mais ça, c'est la vie, hein ? On fait parfois le contraire de notre plus cher désir, obéir à l'ordre fascisant du réveil-matin, la boucler devant un cheffaillon retors ou même se servir d'un contrôleur suisse comme d'un dévidoir à palabres.

Je les oublie au fur et à mesure, à peine éructées, ça a commencé avec Guillaume Tell, je crois, et très vite j'ai dérivé sur les autoroutes gratuites en Suisse, et pourquoi le signe de la Croix-Rouge ? Je ne lui ai pas laissé le temps de répondre, ensuite se sont mêlés les films de Spielberg et le Vatican, en passant par Castel Gandolfo.

J'ai bien vu qu'il branchait son oreille sur la position stand-by, il n'a rien écouté ni même entendu, il a fait comme si j'étais un moustique invisible et chiant, trop gros pour être écrasé, trop fébrile pour espérer une plage de répit. Debout, lourd de fatigue, flanqué d'un masque sans âme sous lequel son visage dormait déjà, il a jeté l'éponge. Malgré toute ma rancune instinctive pour les nuisances ferroviaires, pendant ce court instant, je me suis senti proche de lui.

J'ai gagné petitement, aux points, par manque de combativité.

Ça m'a surtout servi à couvrir un éventuel bruit de collision hydrophile, voire un ronflement d'abandon de la part du clando. Il s'est passé la main dans les cheveux avant d'y reposer sa casquette et a entrouvert les lèvres.

— ... Tire pas trop sur la corde... Tire pas trop sur la corde...

J'ai serré les dents afin de réprimer une bêtise et éviter un uppercut. Un vrai. Hormis les gouffres qui nous séparent il y a une grosse différence de statut entre lui et moi: il est assermenté et moi pas. Ça ne donne pas le même impact aux uppercuts.

Bah... on se retrouvera sûrement un soir, dans une ruelle de Zurich, près de ma banque, on se battra sur un trottoir nickel, on se fera traiter de mal-élevés par des clodos, des punks appelle-

70

ront la police et on écopera de six jours fermes pour avoir maculé la chaussée. smeared pavement

La poignée se referme sans faire crisser l'acier et je lui donne un bon petit coup de clé carrée avant de soulever la tablette. Je ne sais pas comment le bébé va se présenter, la tête ébouriffée ou le cul en l'air? Mon bac à linge ressemble à un congélo ou, pire encore, à une boîte de Pandore version farces et attrapes.

Ses yeux gonflés refusent la lumière. Il suffoque. Connement, je demande:

— Ça va?

— J'ai envie de faire pipi...

— On ne pisse pas dans les draps propres, c'est dans le règlement.

— Et comment je fais...?

— Je ne suis pas préparé à ce cas de figure. Pour l'instant on se retient.

— C'est ce que je fais depuis la douane!!

— Eh ben, fallait suivre le copain ricain dans la nature, y avait de quoi pisser dans le lac de Genève, seulement faut pas se faire prendre parce que dans ce beau pays ça coûte les assises, maintenant si vous mettez le bout du nez hors de ce caisson, c'est moi qui vous pisse dans l'oreille. Essayez voir.

Silence. Poncepilatique chez moi, crispé chez lui. Mais comment interdire à un type mort de trouille de pisser? Je ne peux pas me permettre de le faire sortir même une petite seconde de sa planque, et après tout, il s'y est mis tout seul. D'un autre côté ça peut virer à l'aquarium d'un instant à l'autre et mes draps du retour sont foutus, sans parler de l'odeur. J'imagine la gueule des prochains douaniers.

— Prenez un drap, déchirez le plastique et débrouillez-vous pour que ça ressemble à un bocal à poisson rouge façon Foire du Trône.

Il a besoin de lumière et sans doute de recueillement pour une opération aussi pénible. Je le laisse seul, une minute, juste le temps de me rincer la figure dans le cabinet de toilettes. En fait j'ai surtout envie d'être enfermé quelque part, là où personne ne me verra faire des grimaces monstrueuses. En sortant j'aperçois une petite blonde égarée entre deux soufflets, assise sur son sac à dos, la tête contre un renfort de caoutchouc. Tenter de s'endormir DANS les soufflets ça tient du Livre des Records Crétins, juste après la plus longue vaisselle en apné. Je déchire les battants de toute mon envergure et crie pour couvrir le bruit dix fois plus fort que dans les voitures.

— Z'ÊTES PAS UN PEU CINGLÉE ?!

Le sol se résume à deux plaques de métal qui frottent l'une contre l'autre à l'horizontale, et dans les virages on peut entrevoir le film flou des rails. Il y fait aussi dix fois plus froid. Elle ouvre à peine les yeux, je la prends par le bras et répète la même phrase mais rien qu'avec des gestes. Elle ne dormait évidemment pas et me suit sur la plate-forme sans se rebeller.

— Et dans les avions c'est les soutes à bagages ?

— Héé... ?

Une Nordique... C'est un bruit de Nordique.

— Couchette! You understand «couchette»?

Signe de la tête que oui et geste de la main pour expliciter un manque.

— No money? je demande.

— How much?

right now

À ta place, ma p'tite fille, je sortirais illico les 72 balles. Si tu te fais ramasser dans les soufflets par un Suisse c'est le P.-V. et le coup de pied au cul à Domodossola, et là le seul moyen de remonter c'est jouer de ta blondeur auprès d'un contrôleur rital, à tes risques et périls. 72 balles, à Venise, c'est à peine le prix d'une pizza aux wurstels.

Comme j'aimerais lui dire tout ça en suédois...

— Seventy two, but you must go to the next car, ninety-five, cause i've no place here.

Le clando doit se morfondre avec son sachet poisseux dans les mains.

— ... O.K., sourit-elle.

Gentille. Elle part vers la 95. Richard va bien lui trouver une couchette libre. Je suis assez content d'envoyer à mon pote un doux rêve blond, en pleine nuit. En général ce sont plutôt des cauchemars moustachus et suintant la bière.

— Je sais, j'ai été long, passez-moi le machin. *Kuig*

Je ne sais pas comment il a fait mais son urinoir improvisé a l'air étanche. Du bout des doigts je le jette par la fenêtre d'un coup brusque en veillant à ce qu'il ne s'écrase pas deux fenêtres plus loin. À 160 à l'heure, ça vaut mieux.

Et maintenant? On fait quoi? On discute? Moi dans mes couettes et lui dans son catafalque, avec l'exaltation sereine de qui file vers le palais des Doges? Tôt ou tard il va bien falloir se coltiner l'absurde, l'affronter face à face, arrêter les conneries, débrayer, freiner et faire claquer la portière.

Le virer.

— On vous attendait à Lausanne, hein?

La tablette se soulève de quelques millimètres et des sons s'en échappent.

— Parlez plus fort, on est dans une seconde classe, je dis.

— C'est difficile... et j'ai mal aux reins... je ne peux plus respirer.

— Répondez à ma question.

— ... Peux pas.

— ...!?

Le virer.

— Écoutez, j'essaie de savoir ce que je vais faire de vous, et votre situation est relativement plus précaire que la mienne.

Ce qui reste à prouver, si je le mets dehors maintenant je peux dire adieu à beaucoup de choses, même les plus élémentaires, celles auxquelles on ne fait plus gaffe parce qu'elles ont toujours été là. Avec la chance qui me caractérise ce soir, il va tomber nez à nez avec le contrôleur qui me hait, ou encore un douanier. Pas question de le laisser sortir avant le pro-

74

chain arrêt. Sauf que, le prochain arrêt, c'est Domodossola. La frontière italo-suisse. Avec tout ce que ça comprend de douaniers.

En revanche je peux peut-être laisser la tablette ouverte pendant une bonne minute et ouvrir la fenêtre à fond. Pour éviter qu'il s'étouffe. Pour qu'il soit au mieux de sa forme au moment où je le foutrai dehors.

Il se dresse un peu sur ses genoux pour mieux recevoir la gifle du froid. Je lui tends mon litre d'eau minérale qu'il embouche avec rage. Une rigole lui parcourt le torse. J'ai un peu honte. Si je le laisse mariner dans son caisson, il va crever de chaleur sans voir l'Italie.

— La récré est finie, je dis.

Il ressemble vraiment à un gosse, un minot qui serre la bouteille contre lui de peur que je la confisque, prisonnier dans son parc. Et ce type-là a le double de mon âge.

— Maintenant vous allez me dire qui vous attendait à la gare. Un blond, assez grand. Un ami à vous ou à votre pote Ricain?

— Aucun des deux n'est mon ami.

— Ah ouais? Alors vous savez inspirer des sentiments protecteurs, comme chez moi. Je me foutrais pas mal de votre misérable histoire si personne n'avait cherché refuge ici. Sur la terre ferme, on appelle ça une violation de domicile ou, pire encore, d'un poste de travail.

— Sans effraction, murmure-t-il.

— Ta gueule! Je ferme toujours à clé cette

putain de cabine, et la seule fois... Et pourquoi tu t'es pas cassé avec ton pote le Ricain, hein?

— Ce serait trop long à...

Je ne le laisse pas terminer une phrase qui commence mal.

— Oui, je sais, c'est compliqué. Et bilan, nous sommes les deux derniers idiots à rester éveillés sur ce train de merde. Logique?

— Chez moi le sommeil prend une dimension que je ne vous souhaite surtout pas, vous parlez sans savoir.

Là c'en est trop, d'un coup de poing haineux je scelle le caisson, ajouré de trois centimètres, sur son crâne. Un râle sourd s'étouffe à l'intérieur. Un voyageur ne devrait jamais oublier qu'il n'est qu'un voyageur, c'est-à-dire pas grand-chose, et un clando encore beaucoup moins. Je crois que je vais m'offrir cinq minutes de silence, allongé, lumière éteinte. Il est 2 h 10 et j'ai envie de ralentir mes battements de cœur. Pas le temps. Au contraire, j'accuse une accélération, on cogne à ma porte. J'entrebâille en laissant mon coude droit bien appuyé sur la tablette. Derrière, des larmes, des rougeurs sur de la peau blanche et des mains qui tremblent. La jeune fille des soufflets... Je crois avoir compris. Mais ce n'est sûrement pas Richard. Elle tente de m'expliquer entre deux sanglots ce que je sais déjà, une plainte mi-anglaise mi-suédoise, deux types qui s'assoient à côté d'elle dans un compartiment vide. Elle a payé ses 72 balles pour avoir juste le droit de se faire emmerder

76

par deux connards. Bravo, Antoine, pour ta morale de billetterie. Et ce con de Richard aurait pu choisir un autre compartiment pour installer une fille seule.

Mais c'est moi qu'elle est venue voir, c'est moi qui l'ai envoyée là-bas, c'est à moi de réparer. Comme si j'avais le temps. Par la main je l'accompagne dans mon seul compartiment libre et lui explique comment fermer de l'intérieur.

— I'll bring back your bag in a while. Try to sleep.

De retour au congélo, je mets en garde son occupant.

— Une affaire à régler, vous allez pouvoir sortir un peu et vous allonger sur ma banquette parce que je vais fermer au cadenas de l'extérieur. Ne paniquez pas si on frappe, personne d'autre n'a la clé. En revenant je taperai quatre coups espacés, mais si vous entendez le cadenas cogner plusieurs fois contre la porte vous réintégrez immédiatement le caisson, ça voudra dire que je suis accompagné d'un fâcheux. D'accord?

— D'accord...

Trop heureux de s'étirer et retrouver l'air libre. Un double tour au cadenas, pas un rat dans le couloir, ils dorment tous comme des bienheureux. 72 francs. Ce soir je décuplerais bien la somme pour en faire autant.

J'ouvre au carré la porte de Richard.

— Qu'est-ce que t'as foutu avec la blonde?

Il est totalement enlacé dans les bras de Morphée, c'en est presque obscène. Je suis jaloux d'un tel abandon. Il se réveille en sursaut.

— ... Hein?!... Tu peux pas frapper?

— La blonde? Qu'est-ce que t'en as fait?

— ... Je voulais pas m'en occuper... suis crevé. J' l'ai envoyée chez Éric.

— O.K., rendors-toi.

J'éteins le plafonnier et ferme sa porte au carré. Je me disais bien qu'il ne l'aurait pas flanquée n'importe où.

Éric...

Mon premier ennemi du voyage. Si je le réveille maintenant, il me tue. Et j'ai un sac à récupérer. Cette fois-ci je tape poliment trois petits coups discrets.

Et ça provoque un certain ramdam dans la cabine. Il n'ouvre pas complètement sa porte. Avec des yeux aussi exorbités il ne dormait pas. Manifestement je le dérange.

— ... Toi? Qu'est-ce que tu veux? Magnetoi.

— La fille blonde qui cherchait une place, tu l'as laissée seule avec deux mecs?

Des bruits de banquette. Il tourne une seconde la tête et fait un geste que je ne vois pas. Mais que je suppose.

— C'était ça ou rien, et de quoi tu t'occupes d'abord?

— C'est où? Je dois reprendre son sac, et donne-moi aussi son billet et son passeport.

Derrière lui, un léger soupir d'impatience.

Une petite moue vocale. Vraisemblablement italienne. Je n'en jurerais pas mais il y a fort à parier que le soupir porte une minijupe et un badge. Éric sait que j'ai entendu. Nous échangeons un regard lourd de sens et de plein d'autres choses.

— Dans le 6. Ça te va bien... faire l'élégant... après le coup que tu m'as fait tout à l'heure.

— Ouais... Toi aussi ça te va bien de jouer au fiancé impatient... Avec tes passe-temps...

— Pauvre con. T'as intérêt à la boucler si tu la vois...

— Qui ? Ta Vénitienne ? T'as peur que je lui raconte comment tu vends tes couchettes ? Pourquoi tu parles moins fort ? Elle parle français, celle-là ? J'espère que tu fais ça aussi bien que les Italiens.

La porte se clôt au bon moment. Deux blocs de haine viennent de tomber à chaque pan. C'est pas bien de haïr un collègue avec lequel on a vécu des joies et des peines dans ces foutus trains, des crises de rire, des interventions d'urgence, de l'entraide à toute heure, des bouffes hystériques et des verres de Barolo à n'en plus finir la nuit. S'il savait à quel point je regrette l'échange qu'il me proposait.

C'est pas le tout, j'ai un clando pris au piège et le sac d'une belle innocente à récupérer.

Alors comme ça, ils sont deux ?

Le 6 est allumé mais un écran de fumée m'empêche de bien voir. Ça pue le cigare, une odeur infecte mais il n'y a rien d'autre à respirer. Face à face, un gros brun et un barbu se marrent, la ceinture desserrée, les pieds étalés sur la banquette. Un Suisse dresserait déjà deux P.-V. Pour compléter un tableau bien chargé, des cannettes de Heineken vides roulent au pied de l'échelle. On dirait des représentants en textile, on en voit toujours une paire sur la ligne, ils vont jusqu'à Milan. Tous deux portent une cravate obligatoire, raide, qui part en oblique vers le flanc. Je saisis le sac laissé en évidence et accessible du couloir.

— Hé attendez, ça appartient à une fille, me dit le gros avec un reste de sourire adressé à son pote.

— Je sais, elle pleure. Il paraît que des types l'ont un peu molestée. Vous ne les avez pas vus, par hasard, parce que si vous les croisez il ne faut surtout rien leur dire.

Ils me regardent autrement.

— Mais... pourquoi ?

— Parce qu'il vaut mieux les coincer par surprise. Alors je compte sur vous. Et s'il y a besoin d'un coup de main aussi, non ?

— Mais... (ils se regardent, hésitent, bafouillent)... peut-être mais... pour quoi faire ?

— J'en ai parlé aux collègues, on va faire comme d'habitude, les couchettistes italiens ont rappliqué et ils aiment pas ça du tout, des voyageurs australiens ont tout entendu, eux aussi la bouclent pour l'instant mais ils n'attendent que ça, paraît que c'est déjà arrivé à une copine à eux, dans un train. Les contrôleurs suisses attendent Domodossola pour en parler aux douaniers, ils font tout dans les règles, les Suisses, vous savez ce que c'est. Sur le conseil des couchettistes italiens, on va attendre le passage des flics et on leur éclate la gueule juste après. Alors, je peux compter sur vous? Pour l'instant on est sept mais on sait jamais...

La tronche qu'ils m'offrent désormais est déjà un très chouette cadeau. Je les contemple. Livides, exsangues et agités d'une sorte de petit grelottement.

— ... Après la douane?... déglutit le gros.

— Ouais, je vous ferai signe. À tout à l'heure! Merci les gars!

Personne dans la 94, ni dans la 95, ni même chez moi. D'habitude il y a toujours un ou deux insomniaques qui font connaissance et se racontent des histoires d'insomniaques.

Elle est tellement contente de retrouver son sac qu'elle me fait une bise sur la joue. Ça remplace pas une nuit de sommeil mais ça donne quand même un petit coup de pouce. Elle chiale encore un peu, les larmes se raréfient. Le trauma est évité. Les fois précédentes ça ne s'est pas aussi bien conclu. Je préfère ne pas me souvenir.

— Your name?

— Antoine.

— Bettina.

Mon sourire tombe. Je lui demande si c'est un prénom courant, là-haut, vers chez elle. «Non, ce n'est pas», elle dit. Eh bien si, j'en ai connu une autre, il y a presque un an maintenant. Je ne le lui dis pas, ça la vexerait peut-être. Et puis c'est une histoire que je préfère garder au chaud. Comment je fais pour ne rencontrer que des filles avec des prénoms qui se terminent par un A ?

La Bettina de ce soir est mignonne comme un cœur. Un petit nez insolent, des yeux en amande et des dents blanches. Je l'imagine nue, dans un sauna, à mes côtés, dans une île au large de Farö. Dans ce sauna on dormirait, je boirais du bourbon et elle de l'aquavit, on se parlerait par gestes après avoir épuisé tout notre anglais.

Pour l'instant je ne ressens que transpiration moite et bouffées de chaleur dans une acclimat qui déconne. Mes pèlerins doivent crever de chaleur mais personne ne se plaint. Je fais un petit signe de la main à Bettina et me précipite vers la chaufferie.

Ma marge d'action est restreinte, uniquement deux boutons : « CHAUFFAGE » et « AIR CONDITIONNÉ », mais quand l'un ou l'autre s'emballe on est bien obligés de bricoler le bastringue comme nous l'ont appris les collègues ritals. À mon second ou troisième voyage je me souviens d'avoir demandé un électricien pour cause de verglas sur les couvertures. C'était à Chambéry, et le technicien en question est monté, comme une fleur, à Civitavecchia, une demi-heure avant Roma Termini, et il s'est exclamé : « Cette chaufferie, on va se la faire ! » Depuis je me débrouille tout seul avec un trombone habile-

82

ment tordu et judicieusement placé dans les circuits. Et ça marche.

Dans quel état vais-je le retrouver ?

Il dort, affalé dans mes couettes, la bouche ouverte. Ce serait tellement simple de le balancer par la fenêtre dans l'état où il est. La fenêtre *pericoloso sporgersi*. Une telle pensée me traverse l'esprit et je ne me sens même pas coupable, je trouve ça normal. La présence de ce corps étranger dans ma cabine est une sorte de verrue qui aurait poussé en un seul soir au bout de mon nez. Pire encore, un panaris qui risque de s'infecter si on ne fait rien.

— Héo... ! C'est comme ça que vous réveillez les gens ? !

Oui, à coups de genou dans le gras du bide, c'est comme ça qu'on réveille les sacs de fiente dans ton genre. J'ai failli le dire à haute voix.

— Vous êtes cinglé ! gémit-il, je commençais tout juste à me reposer, j'ai fait qu'une petite sieste depuis au moins deux heures...

— Retournez tout de suite dans la boîte.

— Déjà !

— Oh pas pour longtemps, on passe Domo dans une demi-heure, au pire on ira jusqu'à Milan, deux heures plus tard. Pour l'instant je ne veux plus vous voir ni vous entendre respirer. Vous vous êtes glissé là-dedans tout seul et vous allez y rester. Vous savez ce que je risque dans cette histoire ?

Il ne m'écoute même pas. J'ai l'impression qu'il a la trouille de retourner dans le bac.

— Mais... Vous ne pouvez pas fermer de l'intérieur avec le cadenas ? Je reste à l'air libre, dans un coin, je ne ferai pas de bruit.

— C'est pas le problème, ici je ne peux fermer qu'avec le carré, et ça coûte dix-sept francs dans n'importe quelle gare, tout le monde peut s'en procurer un. Écoutez, nous avons exactement envie de la même chose vous et moi : dormir, quitter l'autre le plus vite possible et se rendormir. Et si on ne veut pas brûler les étapes, vous devez réintégrer la planque. Débrouillez-vous pour y rester au moins trois heures. Je ne suis pas venu vous chercher.

Il obéit en ruminant des borborygmes à peine audibles.

— ... M'en fous... Milan... pas d'argent... mes papiers... m'en fous.

— Et jouez pas au même capricieux, dis-je en refermant la tablette... Rappelez-vous de vos grandes phrases pompeuses, tout à l'heure, la patience... l'instant... Mettez votre perception du temps à profit, vous n'êtes plus trop jeune, vous êtes mature, donc vous savez attendre. C'est bien ça ou j'ai rien compris à vos compliments ?

Je réalise tout à coup que mon mépris pour ce type a réduit à néant toute ma curiosité. Question de priorité.

— Vous êtes recherché pour quoi ? Pour dope ?

— Pour... ? J'ai pas compris.

Donc, pas de dope. Apparemment. On toque à la porte. Ce coup-ci j'ouvre avec un peu plus d'assurance mais toujours avec le coude droit qui appuie de toute sa force sur le caisson. Un gars avec des lunettes rondes et une valise est sur le point d'ouvrir la bouche mais je ne lui en laisse pas le temps.

— NON !!! Ma voiture est pleine. Mais vous trouverez peut-être une place dans la 94.

Et je le salue de la tête en pensant déjà à la tronche d'Éric. Il va savoir que c'est moi, car un voyageur qui se fait avoir une fois ne refait plus l'erreur, un peu comme un taureau de corrida. Le binoclard va le cueillir à froid en disant : « Le responsable de la 96 m'a dit que vous aviez de la place ! » Et j'avoue que c'est de bonne guerre.

— Alors... vous disiez que vous n'étiez pas un gangster, c'est ça ?

— Je ne suis pas un truand. Tout à l'heure je vous ai dit la vérité, toute ma vie j'ai été comptable.

— Ce sont les pires, juste après les garagistes. Et pourquoi vous ne travaillez plus ? Ça chôme jamais, dans les chiffres. La flemme ?

Je crois bien avoir dit une connerie. À la manière dont il me regarde j'ai presque envie de m'excuser. Il a exactement la même expression que l'Argentin. Un immigré à qui on refuse asile.

— Je vais descendre dès que possible, je ne veux pas vous faire prendre de risque, en tout cas pas longtemps. Acceptez mes excuses. Vous avez besoin de dormir et moi aussi. Mais avant de rentrer dans la boîte je vous demanderai une dernière chose, un peu d'eau, je dois prendre une pilule.

— De toute façon vous êtes là pendant encore deux heures. Et vous avez bu toute l'eau.

— J'ai la gorge tellement sèche que ça ne passera jamais, et je dois la prendre toutes les deux heures précises. Ce n'est pas un caprice.

Lassitude... Cette lutte me fatigue encore plus que le manque de sommeil. Une pilule... Ce type a le don de me désarçonner, avec ses besoins à la con. Et sans m'expliquer pourquoi, je n'arrive pas à lui refuser. Il m'a mis dans la merde et j'ai toujours l'impression qu'il est sincère.

— Je vais en chercher, à cette heure-ci ça va pas être simple, il me faudra peut-être un quart d'heure, ça ira ?

Il regarda sa montre et me fait signe que oui. On recommence le manège du cadenas, il s'étale de tout son long sur ma banquette et je sors.

Sur la plate-forme il fait bien cinq degrés de moins, je ne devrais pas oublier que nous sommes en plein janvier. D'habitude j'ai ma petite laine bleu-réglementaire qui se marie bien avec ma chemise blanc-réglementaire et mon pantalon gris-réglementaire. Mais je l'ai oubliée chez moi et Katia doit sûrement dormir avec. Le blanc de la chemise n'est déjà plus vraiment réglo, mais ça on me le reproche assez à la boîte, et malgré tous les conseils de Richard je n'arrive pas à soigner ma mine. C'est le bon mot de l'inspecteur-chef, dit «La Pliure», chaque fois qu'il nous voit radiner au bureau. «Monsieur Antoine, expliquez-moi pourquoi, quand vous partez, on a l'impression que vous revenez, et que votre camarade donne l'impression de partir alors qu'il revient?» Au début je répondais une connerie mûrement préparée mais à la longue j'ai fait la sourde oreille. Je n'ai pas encore trouvé la réplique cinglante qui l'empêchera à tout jamais de me la resservir. Mais un jour ou l'autre...

Où vais-je pouvoir trouver cette flotte sans m'exposer à un coup de hache dans l'occiput? Bettina? Elle dort, assise, la tête sur son sac, et elle n'a rien qui ressemble à une bouteille. Richard? Éric? Faut pas abuser. Je connais les limites de la bienséance corporatiste. Non, je dois mettre la main sur un nouveau, un des rares que je n'ai pas encore fait chier de la soirée.

Direction: tête de train, avec un peu de chance je peux tomber sur un couchettiste italien en plein contrôle Suisse.

Toute la seconde classe ronfle égoïstement. En première? Pourquoi pas, je suis assez pote avec un conducteur, un vieux. Mésange, il s'appelle. En général il ne dort jamais avant Domo. C'est notre épicerie beur. J'ai pas vraiment le choix. L'avantage c'est que les conducteurs n'ont pas de cabine de service, faut faire de la place aux rupins, et ils dorment sur un bat-flanc à même le couloir. On peut repérer d'un coup d'œil s'ils dorment ou pas. Nous, jeunes smicards de vulgaire seconde classe, ça nous fait bien marrer, peinards, dans notre petit studio de service.

— Ne me dis pas que tu dormais, je t'ai vu mettre de la glace dans un seau, je dis.

— Ah n'en rajoute pas! Un betteravier qui veut du champagne avec deux coupes! Et il est tout seul. La dernière fois qu'on m'a demandé ça y'avait deux billets de cinquante sacs sur la couverture.

— Celui qui t'a dit que tu lui rappelais un homme qu'il avait beaucoup aimé?

— Ah je t'ai déjà raconté... Pourquoi t'es debout, d'abord?

— Il te reste un peu d'eau?

— De l'eau? Tu veux pas plutôt un scotch, avec la gueule que t'as.

— Ça se voit tant que ça?

Avant de repartir en sens inverse avec ma mine de déterré, il m'accroche la manche.

— Ce soir il n'y a que des betteraviers, t'occupe pas. Fais pas comme moi, reste pas toute la vie dans les trains, ça fait glisser la colonne.

Mésange se plaît à utiliser le terme de «betteravier» au lieu de dire, tout simplement, «crétin».

— Pourquoi tu restes, alors? je demande.

— Parce que ma colonne est déjà foutue, et je suis trop près de la retraite. Tu crois que si j'avais du fric je passerais encore des nuits sur le rail?

— Oui.

Il me lâche la manche et éclate de rire. D'autorité il me fourre le quart de J & B dans la poche. Je le salue de loin en brandissant mon litre d'eau et lui son champagne. À demain, vieux.

J'ai dépassé le quart d'heure et on arrive à la douane dans dix minutes, pas le temps de traîner. Je dois tenir le coup jusqu'à Milan. Juste deux heures. Deux heures pour ne pas perdre un boulot que j'ai envie de lâcher parce qu'il ne m'amuse plus. Sans parler du pétrin dans lequel je me fourre si on s'aperçoit que je cache un type recherché pour on ne sait trop quoi. Je dévale en chemise un train fantôme aux vitres glacées, en m'accrochant aux barres métalliques pour aller plus vite et en sautant par-dessus les soufflets qui sentent le caoutchouc humide. Alors que ma place est chaude dans le lit de Katia. Quand je roule, les soirs où tout déconne, je ne pense qu'à elle. Jamais à Rosanna. Elle c'est quand tout va bien, c'est le petit nuage romain. Je ne vaux pas mieux que tous les goujats à qui je donne des cours de morale.

— Buvez et retournez dans la boîte, on arrive à Domo.

Il se réveille en douceur et sort de sa poche un flacon de pastilles blanches; impossible de voir l'étiquette. On peut lire le calvaire gravé sur son visage.

— Vous allez tourner de l'œil ? *pass out*

Avec la main il répond non et continue à boire, ses joues dégoulinent de sueur. Jusqu'à présent je n'étais pas vraiment inquiet quand il parlait de sommeil, mais avec ce masque de cadavre je ne sais plus quoi penser. De lui-même il rejoint la planque. *hideout*

— L'Américain devait juste vous conduire à Lausanne, hein ?

Son oui ressemble plus à un dernier soupir, un soupir de cinéma. Très vite je saisis un drap et pars aux toilettes pour le passer sous l'eau.

— Prenez ça.

Il le presse contre son visage comme s'il embrassait une femme. Une autre idée me traverse l'esprit, je cours dans le compartiment de Bettina et lui dérobe les six oreillers dont elle ne veut toujours pas se servir. Elle dort à poings fermés.

— Prenez ça aussi. Pour la douane je ne vous demande que dix minutes. Dix minutes si tout se passe comme d'habitude.

Oui des yeux.

J'ai un profond mépris pour les gens courageux, et j'en connais. Ils sont le miroir de ma poltronnerie. J'ai peur que mes mains trahissent ma peur, je ne sais pas quelle tête je fais dans ces cas-là, on n'a pas le réflexe d'aller se regarder dans la glace. Pendant la première douane je ne savais pas qu'un crétin bouffi de chaleur était accroupi dans mon bac. Et tout s'est déroulé comme d'habitude.

Le train s'est arrêté et je les vois sur le quai, prêts à monter. Les Suisses passent en premier, ils sont plutôt souriants, ils me disent même bonsoir.

— Rien de spécial?

— Non.

Ils sont nettement plus aimables quand on quitte leur territoire, car maintenant c'est l'affaire des Italiens, pensent-ils, libre à eux de faire entrer des métèques si ça leur chante. On s'en fout, de toute façon c'est toujours le même bordel en Italie, on les connaît, on en a refoulé des paquets pendant des années.

Je sens bien qu'ils pensent ça, c'est toujours la même chose, à Domo. Et chaque fois j'ai envie de leur dire ce truc piqué à un film, *Le troisième homme*, où un type dit qu'en Italie, des siècles de décadence et de fascisme avaient fait naître des choses comme Michel-Ange et Raphaël, et qu'en Suisse, la seule création notoire après deux cents ans de démocratie, c'est une machine qui fait coucou. Je l'ai sur le bout de la langue chaque fois qu'on passe Domo, mais je n'ai encore jamais osé. Et ce soir ce n'est pas vraiment le moment choisi. Mais le plus drôle c'est que, quand un Suisse ouvre la bouche on ne sait jamais s'il va parler français, allemand ou italien.

Ils sortent sans rien vérifier et reprennent leur joyeuse conversation. Exactement ce dont j'avais besoin ce soir.

Second round, j'entends dans le couloir les

bottes italiennes, des bottes de militaires. Leur casquette est plus impressionnante que les autres, plus montante, avec un rond blanc cousu au-dessus de la visière. Ça ne cadre pas beaucoup avec l'idée qu'on se fait de l'hospitalité transalpine. Italie, pays des vacances et de la dolce vita... Les douaniers coupent la chique aux touristes allemands, c'est dire. Ils sont deux, un en gris, l'autre en marron. En général ils vérifient surtout les cartes d'identité et passeports italiens, allez savoir pourquoi, je n'ai jamais osé demander. Ce soir le gris a manifestement décidé de se faire tous ses compatriotes un par un, pire qu'un Suisse, à croire qu'un Rital qui rentre au pays a toujours quelque chose à cacher. Le talkie-walkie n'a toujours pas été inventé ici, l'ère Gutenberg marche encore très fort, ils ont toujours un énorme registre, un bottin de la canaille, et ils passent des plombes à le feuilleter, sans se presser. J'ai raconté ça à un flic français et je crois qu'il se marre encore.

Mauvais. Il brandit une carte sous mon nez, il veut réveiller quelqu'un du 10. À moi de parler.

— Compartimento dieci.

Le gris sort, la marron reste. Le dormeur se tient tranquille. Parler, encore, et inventer de nouvelles conneries pour masquer un silence précaire.

— E la partita ?

Il y a toujours un match de foot à commenter, celui d'hier, celui de demain, je risque rien. D'ailleurs, il pouffe.

— Ammazza... voi Francesi siete veramente... (geste cornu des doigts).

Il me signifie que les Français ont de la veine. La gaffe. Changer de sujet, vite.

Mais ni Berlusconi ni la Cicciolina ne le font réagir, hormis une certaine méfiance à mon égard. Je dois la boucler.

Et c'est là que, tout à coup, rien qu'avec une simple œillade sur le quai, j'ai senti une vague de bonheur, née du tréfonds de mes tripes, m'envahir. Des Laurel et Hardy, piteux, la cravate en bataille, flanqués d'une valise chacun, s'invectivaient mutuellement pour accélérer le pas. Comme j'aimerais que Bettina les voie...

Je pensais arborer la triste mine du coupable et je ne peux réfréner un gloussement de joie. Un ace de troisième set. Le marron pense que je me fous de sa gueule.

— Apposto. Andiamo, va... dit le gris en me faisant un au revoir de la main.

À peine sont-ils sortis que je pousse un soupir qui me dégonfle comme un ballon. Un silence frontalier s'installe dans ma cabine. J'ai beau dire pis que pendre des douaniers, ils ne sont jamais vraiment insupportables.

Je m'offre une grande rasade de J & B qui passe comme une déferlante dans mon œsophage. Un bon coup de bourbon aurait ravi mes papilles, mais tant pis. Comme disent les Italiens : «A cavallo donato non si guard' in bocca.» À cheval donné on ne regarde pas la bouche. Sagesse populaire.

— Vous tenez le coup? je demande au dormeur.

— J'ai chaud.

Il me tend le drap mouillé et brûlant.

— Vous me foutez les jetons, c'est de la fièvre?

— Non non, n'ayez pas peur, mais je ne suis plus habitué à veiller.

— Ça ne sera plus long, dans un peu plus de deux heures vous serez peinard dans un bon lit de l'hôtel de la gare de Milan et vous pourrez dormir pendant dix jours.

— Même pas dix minutes, je n'ai pas de quoi louer un bout de caniveau.

Là, je reste un instant sans réaction.

— Quoi?! Pardon? Vous faites du trafic international avec des Américains et des Suisses et vous voulez me faire croire que vous êtes sans un?

J'ai failli avoir un peu de commisération pour son état et il veut jouer les nécessiteux... On s'enfonce. On crève le seuil de l'absurde.

— Un litre d'eau, passe encore, mais cinquante mille lires pour une chambre d'hôtel, je crois que vous abusez.

— Je n'ai rien demandé. Mais si vous aviez la gentillesse de me laisser un de ces coussins avec un drap ou une couverture, je trouverais bien une place dans la salle d'attente. Il me faudrait juste de quoi passer un coup de fil en Suisse. En

P.C.V., mais il me faut quand même une petite pièce.

— Sérieux?

— Ben... oui.

Je reste pantelant. Un vertige au bord du précipice du n'importe quoi. Je peux y discerner, tout en bas, l'ombre accablée de moi-même.

— Vous, je veux pas dire, mais vous me semblez sérieusement dans la merde. Remarquez, ça me réconforte un peu, moi, à côté de vous, j'ai l'air d'un petit veinard.

— Et vous ne croyez pas si bien dire. J'ai deux gosses de onze et quatorze ans, une femme qui n'a jamais travaillé. Quand j'ai arrêté de bosser, et pas par flemme, comme vous dites, j'ai fait des dettes, j'ai emprunté, gros, sans pouvoir rembourser un centime, je n'ai plus payé mes impôts, les loyers. Alors...

— Alors vous avez fait une connerie.

— Non. Oui et non. En fait non. Vous voulez parler de quel genre de conneries? Le vol? J'en suis incapable. Et de toute façon vous ne pourriez pas comprendre, vous n'avez sûrement ni femme ni enfant.

— Non, mais j'ai un boulot, et je le garde tant que je n'en trouve pas un autre. Je suis un fils de prolo, et je bosse, alors épargnez-moi le couplet des «dures réalités qui échappent aux jeunes cons insouciants de mon espèce».

— Je ne dis pas ça...

Pour la première fois je vois ses dents. Il voudrait rire mais n'en a pas la force. J'espère pou-

95

voir percer le mystère de cet homme avant Milan.

— Tout ce bordel à la douane, c'est parce que vous êtes fiché ?

— Oui. Liste noire. Interdiction totale de quitter le territoire français.

J'ai déjà vu des types se faire serrer pour une contravention, alors lui, le fisc, les plaintes des créanciers... j'imagine.

— Et pourquoi vous avez arrêté de travailler ?

Là il se replonge dans le bac et la tablette se referme sur sa tête. Des profondeurs caverneuses du coffre en bois s'échappe une phrase à peine audible.

— Ça je ne le dirai jamais... Jamais. Et c'est dans votre intérêt.

Quatre kilomètres de trou noir. Un tunnel. Je ne me sens jamais mieux que quand on longe cet étui de muraille, le bruit rend toute parole inutile, la lumière du plafonnier est cent fois plus dense. Faut attendre, figé. Et l'on en sort. Et rien n'a changé. Le dormeur est toujours là, moulé dans son lit de coussins, il vient à peine de s'assoupir, le visage ruisselant. Il a réussi à me voler mon précieux sommeil et je reste là comme un con à le regarder suinter de tout son mystère dans un catafalque bourré de linge blanc et propre. Je ne suis pas médecin mais j'ai bien peur de ne plus le voir marcher droit, le visage sec et haut, l'œil grand ouvert. Je ne sais plus si j'ai peur de la taule ou simplement de ne pas connaître la fin de son histoire. Si je m'endors, un contrôleur peut entrer avec son carré, et si je referme le bac, le dormeur s'étouffe. Je n'ai plus de compartiment libre. J'ai bien pensé à cadenasser ma cabine et aller dormir chez Bettina mais il est toujours assez mal vu de se faire surprendre seul, en espace clos, avec une voyageuse.

Dans le couloir, rien. J'aimerais que quelque chose me vienne en aide, n'importe quoi, un phénomène qui m'aiderait à faire diversion dans cette insoutenable inertie ambiante. Un voyageur italien qui hurlerait de bonheur en pénétrant dans son territoire, un ado qui me prêterait son Walkman bourré de hard-rock, un petit propriétaire de salle de cinéma qui m'offrirait une place de projectionniste à vie. J'ai besoin de tenir jusqu'à Milan, et là je jure de couper les branches pourries et de verrouiller jusqu'à demain matin, et qu'un abruti de contrôleur ou de voyageur ne s'avise pas de me réveiller...

Pour l'instant j'aimerais bien qu'on m'occupe l'esprit, qu'on me fasse rire, qu'on m'offre un café dans un Thermos encore chaud. Le couloir est inhospitalier au possible, du lino, du métal glacé, des vitres embuées. Je m'arrête un instant devant le compartiment de Bettina. Elle dort lovée contre son sac, emmitouflée dans une couverture qui laisse une jambe découverte. Sa cheville est incroyablement fine, presque cassante, moulée dans une chaussette blanche.

Un sauna. Elle et moi. À Farö.

La porte battante du fond du couloir s'ouvre sans faire de bruit. Deux types qui allaient entrer hésitent en me voyant. Mon premier réflexe est d'ouvrir le compartiment de Bettina, baisser les trois stores côté couloir et refermer au carré de l'extérieur. Un des types fait mine de s'accouder à une vitre mais me surveille du coin de l'œil. J'ai compris. Ça change tout, et pas dans le sens que je voulais. Les pirates du rail qui arrivent à l'heure habituelle avec la ferme intention de <u>ratisser</u> chaque voiture en attendant Milan. Manquait plus que les pickpockets...

Repartir doucement vers ma cabine, sans y rentrer tout de suite. Surtout pas. Ils vont croire que j'ai la trouille.

Et j'ai la trouille. Pas vraiment d'eux, malgré les <u>crans d'arrêts</u>, mais plutôt du bordel qu'ils sont capables de faire dans la voiture d'un couchettiste qui n'en a pas vraiment besoin ce soir. Si un des voyageurs se réveille avec une main étrangère dans sa veste, il a de quoi gueuler, provoquer une bagarre, arrêter le train, <u>rameu</u>ter les flics et plus question de virer mon clando. Je me souviens de la fois où ça s'est fini sur le quai d'une petite gare où aucun train ne s'arrête jamais, deux voleurs se battaient avec trois types devenus complètement dingues, les flics sont arrivés un quart d'heure après que la première arcade eut éclaté, et ça a pris deux heures avant que le train reparte.

Et s'ils fouillent chez l'aboyeur, même s'il y a plus rien à piquer ? C'est la catatonie, il va croire au complot, il va les exterminer. Et Bettina ? Elle va piquer une autre crise de nerfs, et je ne me regarderai plus jamais dans une glace. Qu'est-ce qu'on fait dans un cas pareil ? Non, ce soir, on ne rentre pas dans sa cabine en attendant que ça se passe. D'ailleurs il commence à perdre patience, son regard me fusille, si je ne me décide pas à rentrer il va me demander de lui faire un café, la lame sur la gorge. Je sais que j'ai très peu de chance de me faire planter, sûrement aucune, ce ne sont pas des tueurs, ils savent ce que ça coûte, ils veulent juste faire leur petit job peinard. Ils ne se serviront jamais du cran d'arrêt, jamais, c'est une certitude. Mais ils l'ont dans la poche, prêts à le montrer, et c'est de ça que j'ai peur, le voir s'ouvrir, en une seconde, sous mon nez. C'est tout. Ils échangent quelques mots en grimaçant, «qu'est-ce que c'est que cet emmerdeur qui ne nous laisse pas bosser tranquilles». Ils perdent du temps, pour eux c'est le moment rêvé, pas le moindre rat crevé dans le couloir, à part moi.

Tant pis, j'y vais. Je me force à avancer en les regardant dans les yeux.

Le bruit des soufflets, au fond, de leur côté.

Une hallucination... Un mirage...

Les contrôleurs italiens.

C'est Dieu. Il a tout vu de là-haut... Il veut se racheter de la nuit qu'il me fait passer...

Ils font une drôle de gueule en voyant les voleurs, on ne sait pas qui sont les plus gênés, hochements de tête de part et d'autre, échange de civilités, prego, grazie, et ils passent leur chemin pour arriver jusqu'à moi. On dirait une bonne vieille comédie à l'italienne, plus vraie que nature, «Gendarmes et voleurs». Pour couronner le tout ils vont pousser le vice jusqu'à contrôler mes billets, histoire de reprendre un peu d'autorité, celle qu'ils oublient devant la racaille. Leur salut est un peu mou, l'un d'eux me demande pourquoi je ne dors pas. Je ne peux pas les faire rentrer chez moi, je suis contraint de leur chuchoter à l'oreille mon peu d'italien épouvanté.

— Je surveille les voleurs, ils refusent de sortir de ma voiture, qu'est-ce qu'on fait ?

— Quels voleurs ?

— ... ?

— Où t'as vu des voleurs ?

Non, c'est pas Dieu qui m'a envoyé ces mecs-là, c'est pas possible. À moins qu'Il ne veuille me foutre dedans.

— Ceux-là, là ! Au fond. C'est des agents secrets, ou quoi ? Mais pourquoi vous les laissez faire, bordel ? !

Ils me font un petit geste de la main qui veut dire «laisse tomber, à quoi bon...». L'imparable système italien. Leur conception du bonheur... Plutôt que prendre le risque de formuler un truc pas clair on préfère le suggérer avec une petite mimique, je l'ai pas vraiment dit mais t'as quand même compris, hein ?

Les voleurs n'ont pas bougé d'un pouce, mais ils sourient, eux. Une fraction de seconde j'ai pensé qu'ils m'avaient eux-mêmes envoyé deux émissaires en casquette pour m'inciter à rentrer gentiment chez moi.

On me dit que tout va bien, on me demande si tous les billets ont bien été vus par les Suisses, on me souhaite une bonne nuit. Et on passe dans la voiture suivante.

Comme ça.

Un truc pareil n'est possible que de ce côté-ci des Alpes. Si je raconte ça à Paris on ne me croira jamais.

Résultat : non seulement je suis toujours dans la merde, mais en plus, les deux marlous ont la bénédiction des autorités.

Et maintenant, ce sont eux qui avancent vers moi.

Tranquilles.

Reculer, reculer jusqu'à l'armoire électrique, ils ne comprennent pas, ils avancent. Le bouton vert, le bouton rouge, et le petit, en haut, qu'il ne faut jamais toucher, l'interrupteur général. La clé carrée me glisse des mains, je repère le bouton, j'appuie, ça claque...

Le noir absolu. Ils se sont arrêtés net.

— Mortacci tuoi...!!

J'ai juste le temps de rentrer à tâtons chez moi et je colle mon oreille contre la porte. Des chocs, ils se cognent dans les portes, quelques coups de poing dans la mienne m'assourdissent l'oreille. Ils sont obligés de changer de voiture, ils ont beau être discrets ils ne pourront pas bosser à l'aveuglette. «On se revoit bientôt» j'entends, «on se revoit bientôt». Encore un autre «Mortacci tuoi» (putain de tes morts) et le soufflet se referme derrière eux. À moins qu'ils ne m'attendent, tapis dans l'obscurité. Ils sont peut-être rusés, ces cons.

Ils vont sûrement revenir mais j'ai le temps de m'organiser.

— Allumez ou je crois que je vais tomber, me dit une voix chancelante.

Je me retourne, dans le noir, et aperçois la silhouette du dormeur, debout, à dix centimètres de moi.

— Vous avez failli me faire peur. Impossible d'allumer pour l'instant, tout le jus de la voiture est coupé... Recouchez-vous sur ma banquette.

Trois points lumineux à proximité indiquent qu'il est bientôt 3 h 30. Son souffle s'épaissit brusquement puis se suspend, un instant, dans un silence glacé.

— Hé... ho, déconnez pas, dites quelque chose !

Au lieu de ça je vois la silhouette s'effondrer à terre dans un bruit sourd, sa tête vient cogner contre mon genou.

Je ne bouge plus.

Je me colle les mains contre les paupières, juste un moment, pour m'isoler dans ma tête.

Mes pupilles se sont habituées à l'obscurité. En faisant un pas vers mon sac je lui ai marché sur la cheville et il n'a pas crié. J'ai retrouvé la lampe de poche après avoir jeté toutes mes affaires alentour et l'ai braquée dans ses yeux. Il est évanoui. Son corps reste écrasé à terre comme un fruit pourri tombé de la branche. Je devrais être angoissé, je crois. Mais, je ne sais pas, j'en ai un peu marre.

*

J'ai fait revenir la lumière et ça ne m'a pas plus éclairé. Dans le couloir, enfin, un humain s'étire. Un vieil homme que l'obscurité a dû réveiller. Ça vit encore un peu.

Je ne sais pas ce qu'on fait pour essayer de réanimer quelqu'un, on lui tapote les joues, on lui passe de l'eau sur le visage ? Je cherche son prénom. Jean-Jacques ?

— Jean-Jacques... ça va ? Vous avez chaud ? Vous voulez quelque chose à boire... ?

Mes questions connes lui ouvrent péniblement les yeux, je lui verse un peu d'eau sur le visage et place le goulot sur ses lèvres.

— C'est rien... ça m'arrive même chez moi... un peu de chaleur... le manque de sommeil...

— Vous pouvez vous relever ?

Il ferme les yeux pour acquiescer et prend appui sur mon bras pour se dresser sur ses jambes.

— À combien sommes-nous de Milan ?

— On y est dans une heure, les Italiens ont l'air de vouloir rattraper le retard.

— Ne vous inquiétez pas pour ce qui vient de m'arriver... c'est courant... je descendrai comme prévu, je n'ai pas besoin de médecin.

— Oh, vous savez, à l'heure qu'il est je ne m'inquiète plus, je bouge.

Il regarde mes affaires étalées par terre et se met à les ramasser.

— Laissez ça, on s'en fout, je vais les ranger, laissez-moi le temps de souffler, j'en ai rien à foutre que ça traîne, que ça se salisse !

— Vieille habitude. Si jamais je m'en sors je ne vous oublierai pas. C'est pas des paroles en l'air, je vais avoir beaucoup d'argent, vraiment beaucoup, et je me souviendrai de ce que vous avez fait.

Sans savoir pourquoi, j'éclate de rire. Ce soir rien ne m'a été épargné, mais là... Ce type, je l'ai insulté, j'ai souhaité sa mort dix fois, j'ai même cherché à l'humilier. Et maintenant... ?

— Écoutez, je ne sais pas comment vous dire ça, mais vous ne trouvez pas qu'on vit une situation ridicule ? Jean-Jacques... Vous vous êtes fourré chez moi pour éviter une douane, je me bats avec des contrôleurs et des brigands, vous tournez de l'œil à la première occasion, vous voulez me donner du fric et vous n'avez pas de quoi passer un coup de fil. Je sais plus et j'essaie plus de comprendre.

— Je m'appelle Jean-Charles.

J'ai réfléchi un instant et à nouveau j'ai éclaté de rire. Pas un rire sincère. Un rire ailleurs. Pendant cette seconde-là, plus rien ne m'a fait peur, les contrôleurs, la taule, les truands, les voleurs. C'est une seconde que j'ai volée à la logique universelle.

— Je n'ai pas d'argent sur moi, en ce moment, mais bientôt j'aurai de quoi assurer l'avenir de plusieurs personnes, mes gosses, ma femme. Mais je vous dois quelque chose.

— Je veux pas employer de grands mots, mais si vous me devez quelque chose c'est une nuit de sommeil et un semblant de vérité.

Je ne poserai plus la moindre question à cet individu, il faut que ça vienne de lui. Il replie ma chemise froissée et me la tend.

— C'est votre chemise du retour?

— Oui. De toute façon elle se serait salie autrement, je suis incapable de garder une tenue correcte, j'ai une réputation de clodo, aux Wagons-lits.

Le kataklan se radoucit un peu, le retard est rattrapé. Jean-Charles s'assoit un moment et s'éponge le front. Il n'a pas l'air d'aller beaucoup mieux.

— Vous avez compris que je suis malade, dit-il, comme si c'était une chose entendue depuis le début.

Qu'est-ce qu'on peut dire après un tel aveu?... Je n'éprouve même plus l'envie d'un euphémisme.

— C'est ça votre semblant de vérité? Cette cabine entière est visqueuse de votre humidité, vous vous videz, vous dégorgez, et je passe mon temps à sécher tout ça. Je n'essaie pas de vous humilier, je veux juste passer l'éponge... Je sais, c'est pas drôle, mais vous non plus.

Je ne contrôle plus ce que je dis, ça y est, je viens d'atteindre cet état d'incohérence physique et mentale dont Katia hérite à chaque retour. À ceci près que nous n'en sommes même pas à la moitié de l'aller.

— Vous êtes excédé, n'est-ce pas ? Vous me détestez.

— Non. J'aurais plutôt envie de vous gifler. Mais je ne peux pas frapper un malade...

Il baisse les yeux. Je dois faire oublier ce que je viens de dire.

— Vous êtes malade de quoi ? Et n'ayez pas peur d'appeler les choses par leur nom.

— Je ne sais pas trop, je sais que c'est grave.

— C'est con de tomber malade quand on est sur le point de récolter un paquet de fric, dis-je.

— Pfff... À ce jeu-là vous allez sûrement gagner, je ne sais pas me défendre contre un cynique. Vous êtes cynique comme on peut l'être quand on est sain.

«Sain.» Moi ?

— Ouais... il paraît que c'est un cynisme de pauvre... Et puis de toute façon je ne suis pas cynique, c'est vous qui êtes contagieux.

Tout ce que je dis m'échappe, ça sort comme ça. Antoine est méchant par nature, tout le monde le dit, Antoine n'a plus le choix de ses gestes. Mais Antoine n'a plus la force de galoper après son naturel.

— Si vous saviez à quel point ce que vous venez de dire est horrible... Il y a un an de cela je vous aurais tué. Oui, tué. Maintenant j'ai compris que ça n'en valait pas la peine.

Je vois bien qu'il essaie d'articuler et de parler normalement, mais c'est de la frime. Ses yeux clignent de plus en plus, il n'arrive plus à tenir droit, les tremblements du train suffisent à

107

le faire glisser de la banquette. Et moi, assis par terre, je le regarde s'effondrer.

— Je suis un individu recherché, mais pas seulement comme vous l'entendez. On me veut, tout le monde me veut, on se l'arrache, le M. Latour !

Il se met à rire comme un poivrot.

— Je représente un paquet de fric, et ça me fait bien rire de les voir tous s'agiter autour de moi, tous ces crétins en blouse blanche, et tous les autres, aussi.

Un poivrot, c'est bien ça, en pleine crise de delirium, en train de me servir l'amer couplet du ratage. J'ai l'impression d'être dans un rade pourri d'un quartier pourri, face à un saoulographe aigri dont le phrasé gondole de plus en plus. Si j'attends un peu il va tout balancer.

— Ça vous épate, hein ? Vous vous demandez comment un pauvre malade comme moi, pauvre ET malade, peut faire courir autant de monde ? Eh bien je vais vous le dire, au point où j'en suis...

Vas-y, dis-le.

— Je vaux de l'or. Et les Suisses en ont beaucoup, c'est connu... Ils paient plus que les Français, j'y peux rien. Vous auriez fait le même choix, hein ? Mon propre pays s'en fout si mes gosses sont à la rue quand je ne serai plus là. Je sais, les Suisses aussi, mais eux ils me donnent de quoi les faire vivre pendant des années, des décennies !

Sa tête plonge en avant et j'ai à peine le temps

de me dresser sur mes talons pour le rattraper avant qu'il ne pique du nez au sol. Tout son corps a chaviré sur moi.

— Je dois.. m'allonger... je dois me reposer...

Pendant une seconde je l'ai senti mort. Je ne joue plus.

— J'arrête tout. On appelle le chef de train, on va trouver une ambulance. C'est trop risqué. Tant pis.

— Pas question... Je ne suis pas encore crevé... c'est uniquement le manque de sommeil, si on s'arrête maintenant c'est foutu, pour moi, pour mes gosses, pour vous aussi... Trouvez-moi un endroit pour dormir...

Je m'incline. Il n'y a plus que ça à faire.

J'ouvre la porte et passe le nez dehors. Le petit vieux est toujours là et tourne la tête vers moi.

— Jean-Charles, écoutez, je vais vous demander un dernier effort et je vous installe dans un vrai lit, enfin... sur une couchette. Seulement il faut tenir bon jusque-là, et si on continue sur notre lancée il ne vaut mieux pas qu'on vous repère, hein ? Alors vous allez marcher tout seul dans le couloir, hein, et juste derrière moi. Vous vous sentez capable de ça ?

Oui de la tête. Avant qu'il ne change d'avis je roule en boule mes couvertures, draps et coussins, empoigne le tout du mieux que je peux et sors en forçant dans l'encadrement de la porte.

— On y va.

La boule se bute un peu partout, je ne vois rien. C'est à crier de ridicule, je ne sais plus ce que je dois penser. Tout ça pour nous préserver du regard de ce petit vieux qui est sans doute à moitié endormi, debout contre sa barre. Il n'a peut-être jamais vu le clando, ou bien il ne s'en souvient pas, ou bien il s'en fout. J'essaie de penser à tout, je deviens encore plus paranoïaque, je deviens dingue.

Bettina se réveille en sursaut et voit le paquet de linge atterrir en face d'elle. J'essaie de la rassurer comme je peux en lui présentant un voyageur très fiévreux qui cherche un coin tranquille jusqu'à Milan. Tout en parlant j'installe la literie sur la couchette du haut, place l'échelle et aide Jean-Charles à grimper. Bettina me regarde avec ses petits yeux gorgés de sommeil, autour d'elle une douce odeur de peau endormie s'évapore. Elle voit bien que Jean-Charles n'a rien d'un spectre menaçant, au contraire, elle me demande timidement s'il n'a pas besoin d'un peu d'aide. Je ne sais pas quoi lui dire, à part de refermer le compartiment au loquet, sortir le moins souvent possible et venir me prévenir si quelque chose ne va pas.

— À tout à l'heure, me dit-elle en français.

— Quelle heure est-il? demande Jean-Charles.

— 3 h 50.

— Je dois prendre ma prochaine pilule dans trois quarts d'heure.

— J'y penserai. Je vais essayer.

110

C'est la dernière chose qu'il fera sur ce train, juste après avoir dégluti, il sera à Milan. Je referme le compartiment.

Moi, j'ai envie de whisky car je sais ce qui m'attend pendant ces trois quarts d'heure : faire le pied de grue dans le couloir. Impossible de rentrer dans ma cabine et me couper du reste de la voiture. N'importe quoi peut se passer, je commence à être habitué, et je m'en voudrais d'échouer si près de Milan après tout ce que j'ai subi. Au cas où les voleurs reviendraient je me barricade chez moi, et on verra bien.

Je vide la bouteille, presque d'un trait, et pars me rincer la figure. Le petit vieux est retourné sur sa couchette. Je prends place devant une vitre et commence ma veillée.

Après tout, je suis payé pour ça.

Antoine...

Tu te retrouves là, planté comme un piquet cassé en deux. Tu ne sais plus très bien ce qui se passe, tu ne cherches plus vraiment à savoir si ce que tu fais en vaut la peine. Chacun de tes membres pèse des tonnes, surtout les jambes, et tu fermes les yeux, pour un peu ça marcherait, dormir debout... Et pourtant tu n'arrives pas à te sortir de l'esprit que c'est quelqu'un d'autre qui devrait être là, à ta place. Toi, tu devrais dormir en ce moment même sur une rame Florence, tranquillement, et demain tu aurais sans doute dormi toute la journée, c'est toujours ce que tu fais, là-bas. Pourquoi as-tu refusé ? Tu t'en veux ? Ça

111

t'obsède ? C'est trop con, hein ? Mais tu te dis que ce voyage a sûrement une fin, comme les autres, que tout va se terminer Gare de Lyon, comme d'habitude. Et peut-être que tu ne reprendras pas la route de sitôt. C'est fini, les trains de nuit. Tu vas rentrer chez Katia, tu lui demanderas de ne plus te laisser repartir et elle le fera, parce qu'elle t'aime. Tes histoires, il n'y a qu'elle pour avoir la patience de les écouter, sur qui d'autre compter, hein ? Les trains de nuit, c'est fini. Tu ne remet-tras plus jamais les pieds en Italie, tu n'auras plus à côtoyer tous ces inconnus, et un beau jour tu oublieras tout et on t'oubliera. C'est pour ça que tu dois tenir bon, ce soir, il n'y en a plus que pour un moment. L'espace te sépare de Gare de Lyon mais le temps t'en rapproche. Remets l'oubli pour plus tard, tu as toute une vie pour ça.

J'ai besoin d'une petite pose dans le cabinet de toilette, il n'y a guère que là où je me sente un peu moi-même. Le whisky m'a embrumé la conscience et râpé le palais. Décidément, je ne pourrai jamais envisager cette carrière d'alcoo-lique que je m'étais promise si tout foutait le camp. On pense trop de trucs qu'on regrette après.

*

Ça s'est passé très vite, ou bien j'ai perdu mon sens de l'instant. Je suis sorti des W.-C. sans regarder, presque les yeux fermés, et j'ai bousculé l'homme qui entrait dans ma voiture. Même pas le temps de voir sa gueule ou de m'excuser, il a <u>foncé</u> droit dans le couloir pour *rushed* s'arrêter sans hésitation devant le compartiment 2. C'est à cette seconde que j'ai senti que la nuit serait encore longue. Il l'a inspecté sans faire de bruit et sans rien trouver. Il est revenu vers moi et j'ai pu voir enfin la tête qu'il avait. Des zones chauves sur le crâne, les cheveux ont dû tomber par touffes, ceux qui restent sont très longs. Un visage étrange et fermé. Il porte une grande veste en cuir noir, peut-être même trop grande.

— Il y avait deux personnes aux places 25 et 26, un Américain et un Français, où sont-ils?

Il parle vite, sa question claque comme un ordre. Avec ce genre de mec il vaut mieux en dire le moins possible.

— Ils sont descendus, je ne sais plus où... en Suisse, je crois... vers Lausanne.

J'ai vu sa grimace, sa bouche tordue, et tout de suite après, sa baffe m'a cogné la tête contre la vitre. J'ai porté une main à ma joue brûlante. Je n'ai pas su comment réagir et j'ai baissé les yeux.

— Toi, tu vas comprendre très vite, c'est pas toi qui m'intéresses, mais si tu commences à raconter des craques c'est que t'en as déjà dit un paquet, à Lausanne. Ils étaient pas à Lausanne, ducon, on les attendait, et t'as dit que tu les avais pas vus.

Le blond avec le manteau bleu... J'ai bien vu qu'il s'adressait à quelqu'un qui s'est mis à courir sur le quai... Comment j'aurais pu pensé que la silhouette me giflerait, un peu plus tard?

— Moi j'suis rien... j'suis que le couchettiste de la voiture, je les ai vus monter à Paris, avant d'arriver en Suisse ils ont tiré la sonnette d'alarme et ils ont disparu, c'est pour ça qu'on est arrivés en retard à Lausanne...

Ma tête cogne de nouveau la vitre mais cette fois mon oreille a heurté la barre de fer. Un cri de douleur s'est bloqué dans ma gorge.

— Tu vas pas m'amuser longtemps, petit con. Tu sais, sur un train, je peux tout me permettre, moi aussi je pourrais tirer le signal d'alarme après t'avoir <u>dépecé</u> dans les chiottes, non? J'irai jusqu'au bout pour savoir où ils se sont fourrés.

— Mais je vous dis la vérité, c'est vrai, ils sont descendus...

Là, il explose, m'empoigne par le revers et me traîne dans les toilettes. J'atterris sur la cuvette, il ferme la porte au verrou.

Il plonge sa main à l'intérieur de sa veste...

Un revolver...? Il le pointe comme un arc, bras tendu. Sur mon front. Il faut que je parle, mais ce sont des jets de vomissures qui vont sortir.

— Écoutez... J'ai vraiment vu l'Américain tirer le signal, mais avant je l'ai vu discuter avec des Italiens qui sont montés à Vallorbe... ensuite il est descendu... Il m'a donné un peu de fric pour être sûr que j'aie rien vu...

— Et le Français?

— Lui, il est resté, il était accompagné des deux Italiens quand il est venu me demander son passeport, et ils sont repartis tous les trois vers les premières classes...

Il a levé l'arme en l'air en criant, j'ai fait un geste pour me protéger la tête. Mais son poing s'est abattu sur le lavabo.

— Comment ils étaient, ces Ritals ?

— Heu.. Y'en avait un tout en jean's et l'autre portait une veste en laine marron...

— C'est où les premières classes, ducon ?

— En tête de train, je les ai vus faire des allées et venues dans les couloirs, mais sans le Français, ils ont dû l'installer ailleurs...

Sans savoir pourquoi une dernière phrase m'a échappé. Un truc stupide dont j'aurais pu me passer.

— J'en ai vu un avec un cran d'arrêt.

Et là-dessus, contre toute attente, il rit.

Le flingue rangé dans la veste il sort comme une furie, sans rien me demander et sans me menacer.

Je reste seul, assis sur la cuvette, sans bouger. J'ai l'impression qu'on vient de violer le dernier espace où je me sentais encore bien. Maintenant je ne pourrai plus m'enfermer dans ces chiottes sans avoir le goût du vomi dans la gorge. Je n'ai pas eu le temps de me rendre compte de grand-chose, ce n'était plus de la trouille, c'était de la terreur, on ne peut plus rien faire, on se sent comme dans un avion, on est spectateur.

Je ne sais pas ce qui m'a pris de raconter

ça. J'avais quelque chose à protéger ? Jean-Charles, Bettina ? Sûrement pas, le flingue m'aurait fait oublier mon propre frère. Quoi d'autre ? Certainement un trop-plein qui est remonté à la surface. Passé une certaine heure toutes les haines se retrouvent.

L'eau froide vient rafraîchir ma joue et mon oreille. Les doigts ont marqué leur empreinte, ma gueule est striée de rouge. Le salaud...

Il va revenir.

Le visage encore ruisselant de chaud et de froid je me précipite vers le 7. Bettina est debout sur sa banquette et regarde bouche bée le dormeur écroulé dans un sommeil apparemment paisible.

— He's O.K., murmure-t-elle avec un sourire, qui tombe quand elle voit la tête que j'ai. What about you ?

Elle pose les doigts sur ma joue rouge.

— It's nothing, dis-je en détournant la tête.

Elle ne comprend plus rien, un malade dort en haut, en bas un couchettiste en uniforme s'escrime sur la porte en vérifiant quatre fois qu'elle est bien fermée, baisse les stores à fond et se poste devant, clé carrée en bataille. Et bien sûr, elle me demande des explications que je suis incapable de fournir en anglais. En français déjà, j'aurais du mal. De toute façon, si je lui disais le quart de ce qui se trame sur cette putain de bagnole elle aurait de quoi faire dérailler tout le Galileo rien qu'avec ses jérémiades. Depuis quelques heures je viens de piger un truc qui ne

116

m'était encore jamais apparu : il ne peut y avoir qu'un seul maître à bord. En l'occurrence je ne maîtrise pas grand-chose, mais je commence à comprendre ce qui se passe ici, à saisir le mouvement. Un certain stade d'absurdité franchi, le bordel se met à prendre sens. Jean-Charles est un gros coup, il ne délire pas quand il parle de tout le fric qui frémit autour de lui. Il s'est vendu aux plus offrants, les Suisses, et manifestement ils y tiennent. Il ne pouvait passer qu'en fraude, les Français ne l'auraient pas lâché aussi facilement, pour ses dettes ou autre chose. Le meilleur moyen d'aller en Suisse ? L'avion, impossible. La voiture, trop risqué. L'idéal c'était le train de nuit, on ne vérifie jamais les passeports français ou américains. Seulement voilà, l'incident de parcours, le trois fois rien qui remet tout en question, un misérable portefeuille de merde, cinq mille francs qui viennent mettre en péril des sommes pharamineuses, un comble... Le seul truc que je ne comprends pas c'est l'intérêt que suscite un misérable comptable malade qui passe son temps à roupiller. Il tenait peut-être les comptes d'une bande de truands, il a peut-être des registres douteux en sa possession...

D'ailleurs je me demande si je vais le réveiller. Je voulais juste lui dire que si l'homme à la veste noire réapparaissait, je le foutrais dehors, lui, le malade. Après tout ils n'en ont pas après moi, c'est le dormeur qu'ils veulent, comme ça je serai débarrassé des deux, et je resterai seul avec la Suédoise, au risque de me faire piquer par je ne sais qui, au point où j'en suis ils peuvent même me lourder de la compagnie, je ne ferai plus jamais le con dans un train de nuit.

C'est drôle, voir un flingue braqué sur moi m'a presque totalement éclairci les idées. La fatigue s'est dissoute, comme si elle avait senti qu'il valait mieux filer en douce, faute d'avoir le dernier mot.

Mademoiselle Bis. Quand on a la tête que j'ai, ma nervosité, mes gestes bizarres, mes tics hagards, on ne peut pas se permettre de dire: calmez-vous, tout va bien, continuez de dormir. Bientôt elle va regretter le compartiment des deux V.R.P. Il ne faudrait pas que je perde de vue que cette Bettina n'est qu'une bis. D'ailleurs «bis» est un nom qui lui va beaucoup mieux. La vraie Bettina avait elle aussi cette tête de belette effarouchée la première fois où je l'ai vue, dans un Galileo Florence, en juin l'année dernière. C'est une rencontre que je n'ai jamais racontée à personne, pas même à Richard.

La Bis me demande quel genre de maladie a Jean-Charles et je ne sais toujours pas quoi répondre. Puis, le regard terriblement grave, elle me demande si je ne suis pas en train de faire des «bad things». Des mauvaises choses...? C'est fou ce qu'un langage basique peut être cinglant. On est obligé de retrouver des principes élémentaires, le bien et le mal, le bon et le pas bon, le gentil et le méchant. Alors qu'il y a déjà tout un monde entre le gentil et le

118

pas méchant. Toutes les armes me manquent, la nuance, l'euphémisme, l'ironie, ne restent que le ton et le regard, et pour ça je ne suis pas très fort. J'aimerais lui dire que tout ce qui m'arrive est fâcheux, mais en même temps logique, qu'il y a de la recherche dans la fuite, de la ressource dans la fatigue et de la distance chez le trouillard. Mais, en même temps, j'aimerais lui dire que j'ai envie de lui empoigner les seins et les hanches, là tout de suite, et que pourtant je ne suis pas un salaud, parce que je suis plutôt du genre à demander la permission d'abord. Mais c'est peut-être un peu trop basique.

Au moment où j'allais encore dire un mensonge à peine rassurant ça a gueulé dehors. «Cuccettista Francese! Cuccettista Francese!» Où est ce maudit couchettiste français?...

Voilà, je suis maudit, enfin un qui a le courage de le dire. Dans le rai de lumière sous le store je vois une jambe de pantalon bleu. Je n'adore pas les F.S. mais autant que ce soit eux qui me maudissent.

— Qu'est-ce qui se passe?

— C'est toi qui demande ça? crie-t-il.

Il est seul, décomposé, hargneux. Il a envie de me poinçonner le nez avec son appareil et je lui fais signe de le ranger car ce soir, j'ai vu mieux.

— Pourquoi t'as fait ça? Tu vas nous faire avoir des histoires!

— Mais quoi?

— Qu'est-ce qui t'a pris, Madone de Madone

de merde! Qu'est-ce qu'ils t'ont fait? C'est après toi qu'ils en avaient?

Je persiste à ne pas comprendre et le lui montre. Il perd patience et, entre deux insultes à la Sainte Vierge, me tire par la manche. Nous parcourons quatre voitures dans cette position ridicule. Je pense à ceux du 7 mais le contrôleur déchire les coutures de ma veste. Au seuil de la 92, son collègue nous attend, il pointe l'index à terre.

Deux corps inanimés, deux visages où tout a éclaté, le nez, les lèvres, les arcades. Ils gisent au sol entre deux traînées de sang, les membres n'importe où, désarticulés. Celui qui à la veste marron a le nez qui fuit goutte à goutte. L'autre a le crâne coincé sous la poubelle murale. Un cran d'arrêt est tombé deux mètres plus loin, fermé.

— C'est toi, hein? Tout à l'heure tu voulais leur barrer la route...

J'ai à nouveau envie de dégueuler. C'est le fou à la veste noire qui a fait le boulot. Quelle force faut-il avoir pour laisser deux hommes dans cet état-là? Comment faut-il frapper et à combien de reprises? À quel moment décide-t-on d'arrêter et pourquoi? En même temps qu'un haut-le-cœur je ne peux réprimer une autre réaction. Une impression bizarre et paradoxale. Une sorte de contentement.

— Ce n'est pas moi qui ai fait ça, j'en suis incapable.

«Et je le regrette», dis-je entre les dents, et

120

en français. Ils me dévisagent, incrédules, ça ne peut être que moi, tout à l'heure j'ai manifesté quelques velléités de justice, devant eux.

— Alors qui ?

Bonne question. Au point où nous en sommes, pas de demi-mesure, je balance tout ou rien. Tout, ça veut dire beaucoup d'emmerdements. Rien, c'est pareil.

— Faut croire qu'un voyageur s'est réveillé, ça devait bien arriver un jour. Allez le retrouver, maintenant...

En chœur ils lancent une tirade de jurons, la casquette tordue dans le poing. L'un d'eux sort une boîte de premiers soins, l'autre se baisse vers un voleur et lui tapote le torse en faisant : Héo... Héo.

— Vous avez encore besoin de moi ?

On ne me répond pas. Parfait. Ciao. Démerdez-vous, bichonnez-les, faites-leur des excuses et découpez du sparadrap. Quand ils se réveilleront, ils lèveront le soupçon sur moi, les F.S. ne vont rien <u>piger</u> à cette version de l'exterminateur en veste noire. De toute manière, je n'imagine pas vraiment les pickpockets porter plainte chez les carabiniers.

Avant de les laisser je demande si le retard est rattrapé. L'un me répond oui et l'autre : qu'est-ce que ça peut bien te foutre ?

Donc, Milan à 4 h 28, il doit être 4 h 10. Richard dort, Éric couche avec une Italienne. L'homme à la veste en cuir me cherche, et il vient de prouver sa détermination, d'autant plus

121

qu'il a désormais la preuve que j'ai menti. Ne reste qu'une solution : reprendre le dormeur avec moi, tant pis, il ne reste qu'un quart d'heure avant Milan, il les passera sur ma banquette, je bloquerai la porte avec une chaîne, et puis... je ne sais pas, on verra.

De quoi je me mêle, après tout ? Je n'ai même pas demandé l'avis du dormeur. Il a peut-être envie de retrouver ses commanditaires et se faire prendre en charge dans les bras rassurants d'un tueur. Après tout ils avaient rendez-vous, hein ? Qu'est-ce que ça peut me faire si un gros feignant malade veut dormir dans un de ces fameux édredons helvètes, rembourré de pognon, pour sa femme et ses gosses, tout le monde a une femme et des gosses, je ne vais pas me ronger les sangs chaque fois que je rencontre un père.

M'enfermer avec lui dans une cabine ? Faudrait être cinglé. Je dois aller de moi-même vers la veste noire. Oh, à coup sûr je prendrai une baffe dans la gueule, mais ça sera vite passé, et je le conduirai vers le dormeur, au besoin je braillerai pour rameuter deux trois voyageurs dans le couloir pour que tout se passe dans le calme, il n'ira pas jusqu'à se servir du flingue. Il l'a dit, personne n'en a après moi. Dans douze minutes ils seront sur le quai de Milano Centrale, et moi, pas loin de Mlle Bis, peut-être pas dans ses bras, mais pas loin. Pour l'instant, je constate qu'elle a bien écouté mes consignes :

fermer au loquet son compartiment. Je donne un petit coup de clé carrée.

L'obscurité s'est pointillée de blanc quand j'ai chaviré à terre et le noir m'a aveuglé à nouveau quand la semelle s'est écrasée sur mes yeux. Sans bruit. Un fondu de noir au noir, ma tête résonne. Le coup du lapin quand il m'a happé à l'intérieur par le col, la couchette médiane dans la tempe gauche et le déséquilibre au sol, un autre coup dans la nuque, son pied qui m'écrase le front.

Mal.

— Allumez la veilleuse, Latour.

Mon œil droit reçoit un petit jet orangé, l'autre reste mâché dans son orbite, brouillé de blanc.

Tu es sur le dos, la bouche ouverte, si tu vomis tout restera bloqué dans ta gorge et tu seras obligé de ravaler. Respire, plutôt. Souvent tu as évité de vomir en contrôlant ton souffle. Respire par le nez, bloque tes lèvres. Tourne un peu la tête de côté, la pression sera moins forte sur ton front. Le mal va disparaître dès que la tête va sortir de l'étau. Ne demande rien, reste immobile, ne parle pas.

L'ondulation du rail me revient doucement dans l'oreille, mêlée aux pulsations.

— Laissez-le se relever, il m'a beaucoup aidé pendant tout le parcours, sans lui vous ne

m'auriez jamais retrouvé. J'en parlerai à Brandeburg. Laissez-le se relever.

— Ce petit con a failli tout faire foutre en
l'air, j'ai perdu du temps avec ces deux Ritals de
merde. Les menteurs, je préfère les voir la
gueule par terre.

— C'était pour me protéger, il n'en savait
rien. D'ailleurs je vais avoir besoin de lui pour
ma pilule. C'est vous qui allez me trouver de
l'eau avec votre revolver ?

Il a levé le pied et mille fourmis ont grouillé
dans tout le pan droit de mon visage. J'ai pu
bouger la tête, lentement, passer ma main sur
mes yeux, frotter un peu. Je me suis relevé du
tapis comme un jeune poids coq, pas fier,
groggy, hésitant...

La lueur orangée caresse les contours immobiles des occupants. Jean-Charles est toujours
allongé et pose sa main sur mon épaule.

— Ça va, Antoine... ?

Le fou en cuir étreint Bettina dans son bras
gauche, la main crispée sur sa bouche. Dans
l'autre il maintient le revolver piqué dans sa
tempe.

— Pourquoi elle ? Pourquoi pas lui, là-haut ?
dis-je en montrant Jean-Charles.

Pour toute réponse, serein, il arme le percu-
teur. Bettina frémit : un petit cri de gorge.

— Personne ne va vous empêcher de sortir.
Elle est fragile, vous pouvez lui faire beaucoup
de mal.

— Surtout si j'appuie, ducon.

— Et vous, là-haut, dites quelque chose, il a l'air de vous écouter. Si quelqu'un doit être maintenu en joue ici, c'est vous, non ?

Le tueur ricane, pas trop fort. Jean-Charles aussi. Il semble faussement à l'aise, il joue un jeu bizarre.

— Aucun risque ! Aucun risque ! Je ne le connais pas, ce monsieur, dit-il en montrant du doigt le fou. C'est la première fois que je le vois, mais c'est pas grave, le moindre de mes cheveux lui est plus cher que l'une de ses deux mains, hein ? C'est pas vrai ce que je dis ?

L'homme ne répond pas et continue de me fixer.

— Mais si, Antoine, vous n'avez pas l'air de me croire... Je pourrais lui envoyer une gifle, il ne broncherait pas, tenez, regardez...

Et paf, une belle mandale qui lui a fait dévier la tête. Mon cœur a fait une pirouette, j'ai cru entendre le coup de feu partir et la boîte crânienne de Bettina exploser. La tête du tueur reprend son axe, son corps n'a pas remué d'un poil. Pas un mot, pas une lueur de surprise dans le regard. Elle est belle ta démonstration, Jean-Charles. Alors, interviens. Dis-lui de baisser son truc, personne ne lui mettra de bâton dans les roues.

— Seulement, l'ennui, c'est qu'il a une mission : me conduire sain et sauf chez son patron en écartant tous les obstacles sur son passage. Si vous voulez en être un, libre à vous.

— Merci, on a déjà fait connaissance, et heureusement que j'étais assis sur une cuvette de chiottes. J'ai vu de quoi il était capable avec les deux types qu'il a laissés sur le carreau.

Le K.-O. a réveillé le zombi en moi, la fatigue est venue me réhabiter, j'ai l'impression de peser des tonnes. L'écroulement est proche, que je le veuille ou non.

— Imaginez, Antoine, la rencontre d'une nourrice et d'un exécuteur. Deux êtres dévoués par définition, deux rôles attentifs. Des expectatifs. Des vigilants. Réunissez-les dans un même corps et vous avez ça, dit-il avec un vague mouvement de la main qui aurait pu désigner une merde de chien.

— Jimmy, l'Américain, était comme ça aussi. Vous m'imaginez, moi, un simple comptable, habitué à répondre aux sifflements des patrons pendant vingt ans, et pouvant désormais humilier ce genre de créature ?

Le train baisse de rythme, légèrement.

— C'est plaisant ? je demande.

— Pas tellement, mais j'ai envie de voir jusqu'où on peut aller.

Air connu. C'est du cynisme de riche.

— Bon, j'en ai marre d'entendre vos conneries, fait la veste noire. Trouve-nous de l'eau pour qu'il puisse prendre sa pilule. Et fais gaffe, la moindre bonne idée qui te traverse la tête montrera le chemin à une bastos. Je garde la copine.

Des larmes coulent des yeux de Bettina. La terreur muette. Une statue qui pleure...

— They don't want to kill you, they're leaving in a few minutes.

Le tueur ne bouge pas.

— Oh, ne vous inquiétez pas, me dit Jean-Charles, il comprend l'anglais, sinon il aurait déjà tiré. Il ne la lâchera pas, surtout si vous sortez pour me chercher de l'eau. Et il m'en faut, vite.

— Vous avez repris du poil de la bête, vous. La bonne santé ne vous vaut rien. Bon, je sors ?

L'homme me regarde bien dans les yeux, fait pivoter de quelques millimètres le menton de Bettina et enfonce le canon dans son oreille

— Oui. T'as moins d'une minute.

Message reçu. J'entrebâille la porte juste de quoi me glisser dehors. La pleine lumière me fait cligner des paupières.

— Tutt'appocht' uallio ?

Je n'ai pas très bien saisi ce que m'a dit le petit vieux, toujours courbé sur sa barre. J'agite les mains en l'air pour lui faire répéter.

— Tutt'apocht' uallio ? Ca'cose ne'a bone ?

Sûrement un dialecte, peut-être même même napolitain, ce sont les seuls à chuinter le CH, on dirait du portugais. Je sens que ça se termine par des points d'interrogation mais, cette fois-ci, je ne sais vraiment pas quoi répondre. Déjà que j'ai du mal avec les questions intelligibles. Il se contentera d'un «moui» hésitant de la tête, ça veut tout et rien dire, et somme toute, c'est assez vrai.

Maintenant j'aimerais bien comprendre cette

histoire de flotte. Il y en avait dans le compartiment, j'ai vu la bouteille quand j'étais à terre. Jean-Charles le sait-il, ou pas? Il me semble même que c'est un peu tôt pour sa pilule. Je suis trop crevé pour comprendre les signes, et s'il y en avait un, je me demande ce qui est en mon pouvoir. Moi, seul maître à bord... Antoine Ducon est fatigué, il a juste assez de jus pour aller jusqu'à Milan, et plus on s'en approche, moins j'attache de l'importance à cette espèce de tragédie lointaine dont il semblerait que je sois l'un des acteurs. Un revolver dans une oreille... un type allongé, tantôt malade, tantôt arrogant... un vieillard qui parle zoulou.

C'est le rideau, bientôt. Le rideau. Tu ne fonctionnes plus très bien, tu ne sens plus les détails, tout t'échappe. Essaie de marcher droit jusqu'à ta cabine. Tu te souviens où tu as laissé l'eau? Prends la bouteille et retournes-y.

Ils n'ont pas beaucoup bougé, tous les trois, raides comme des antennes qui émettent et reçoivent des ondes, des ordres radio, des S.O.S. réceptifs à la foudre et aux éclairs. Le dormeur, toujours perché, me lance un regard mauvais quand je lui tends la bouteille. Comme quoi l'agressivité me parle encore. Ne pleure plus, Bettina. Tu penses à quoi, là, tout de suite? Aux sourires blonds de ton enfance, à ta petite maison en lambris qui croule sous la neige, à tes congénères qui savent écouter le silence. Je te

128

jure que les gens du Sud ne sont pas tous comme
ça. Celui qui t'enserre dans son bras est un
pauvre type préoccupé par de pauvres choses.

T'es pas d'accord, toi, dans la veste en cuir
craquelé piquée à ton vieux père? T'as quoi,
dans la tête? L'espoir d'un rêve, au bout d'un
long cauchemar de cruauté?

— On ralentit?

— ...?

— Héo, ducon! On ralentit ou quoi?

— Oh ben... oui, j'crois. Peux m'asseoir...?

— C'est pas le moment, ducon, on va se préparer à sortir. Latour et ducon, vous nous pré-
cédez dans le couloir et on attendra tous près de
la porte.

Latour m'emboîte le pas en me lançant des
œillades à la dérobée. Mais qu'est-ce qu'il
veut, bordel? Une manœuvre? Une diversion?
Parce que maintenant ce crétin n'a plus envie de
descendre? C'est moi qui vais le foutre dehors,
à coups de genou dans les reins. Fini, les questions, l'héroïsme, les choix, tout ça va dégager
de mon train.

— Antoine? Je peux vous demander une
dernière chose avant que nous nous quittions?

— Non.

— Ne me refusez pas ça... À votre retour à
Paris allez voir ma femme, parlez-lui de moi,
dites-lui... Je vais lui téléphoner pour la rassurer mais ce sera différent...

— Vous voulez vraiment que moi, moi-
même, je lui dise ce que je pense de vous?

— Mais non... Dites-lui... Dites-lui ce qu'elle pourra comprendre... Faites-moi passer pour quelqu'un de pas trop moche. C'est bien de se l'entendre dire par un étranger.

Il griffonne quelques trucs sur une carte.

— Vous serez quand à Paris ?

— Vendredi matin, et pour toujours.

Les freins décompressent, le train s'arrête, la dernière secousse nous déporte légèrement. L'homme commence à s'agiter vers la portière.

— Voilà son numéro. C'est lisible ? Allez-y quand vous pouvez.

Je ne réponds pas et glisse le papier dans une poche pour éviter de discuter.

L'homme en cuir a le nez dehors.

— Mais qu'est-ce qu'on fout là... y'a pas de quai !

J'ai fermé les yeux un instant, je ne sais pas qui a parlé.

— Mais réveille-toi, ducon ! On s'est arrêtés dans la nature !

— Non, on est bien dans la gare mais le train est trop long et on est en queue. Les machinos vont décrocher la rame Venise pour raccrocher à une autre loco pour nous conduire au quai d'en face.

— Et ça prend longtemps ?

— Dix minutes, au moins.

Il tape du plat de la main contre la vitre et redevient le fou furieux de la première confrontation. Il a envie de frapper.

— Hé ducon, on va pas rester là dix minutes !

— Alors allez-y à pied, qu'est-ce que vous voulez que je vous dise ?

Latour n'a pas l'air d'apprécier la suggestion. Quelques voyageurs endormis sortent dans le couloir, ils doivent penser que c'est la douane. Au moindre arrêt, c'est toujours la douane.

— Écoutez, faites ce que vous voulez, vous êtes dans Milan. Sortez ou restez, mais décidez-vous vite parce que les gens se réveillent, la relève des contrôleurs va arriver et tout le monde va se demander ce qu'on fout là.

Silence approbateur. Pour une fois. Je ressens presque un peu de réconfort à voir une grave question posée sur la table sans avoir à la trancher moi-même.

— Bon... C'est bon, c'est bon. Latour, on descend. Même si j'ai à vous porter on ira à pied.

— Non mais... vous plaisantez ? Marcher dans la caillasse, dans le noir, je n'aurai jamais la force.

— Je l'aurai pour vous. Vous disiez, tout à l'heure ? Éviter tous les obsctacles pour vous ramener ? C'est vrai, même si vous-même vous en devenez un. Vous savez bien que je tirerai pas, mais c'est pas la peine d'en jouer, je suis beaucoup plus fort que vous. Alors ? Vous me suivez, tranquille, ou je vous traîne ?

Bettina ne me regarde pas dans les yeux et fuit tous les autres. Elle s'accoude aux montants de la fenêtre, le front collé contre la vitre en attendant que ça passe. Ne plus voir nos gueules. Le dur ouvre la portière et invite Jean-

Charles à passer devant. Il s'exécute en maugréant. Je ressens quelque chose de très fort, l'imminence d'une délivrance, les dernières petites secondes avant l'extase. Oui, une extase, malgré tout le contexte et toute ma fatigue. Je ferme les yeux pour mieux y goûter.

— Hé ducon, avant de t'endormir, n'oublie jamais que tu bossais sur la voiture 96 du train 223 du mercredi 21 janvier, parce que nous, on oubliera pas.

Adieu. Le dormeur a cherché mon regard mais il n'a eu qu'une parodie de sourire. Bettina se laisse déborder par une plainte trop longtemps retenue et éclate en sanglots. J'essaie de la garder près de moi mais elle me reprend son bras avec hargne et rentre dans le 7 en m'insultant dans sa langue.

Me voilà seul. Je tire un grand coup sur la portière, tâtonne pour trouver la clé de mon cadenas. Le skaï de ma banquette est froid.

*

— C'est pas possible vous mé réveillé pas da un démi-heure ! Mon passaport et lé billet, vite !

— ... Hein... Quoi ?

— Vite ! Porco cazzo !

Je connais cette gueule... Le Milanais... J'ai complètement oublié de le réveiller...

— Où sommes-nous ? On a quitté Milan ?

Je soulève mon store, nous sommes à quai, éclairés par les réverbères. Il gueule, hystérique, et ses cris me ramènent à la conscience. Combien de temps ai-je dormi ? Pas plus de dix minutes en tout cas. Sans aucun mal je retrouve ses papiers et les lui tends. Il descend en maillot de corps, la chemise sur l'épaule, les chaussures délacées. Au-dehors, loin devant, le feu est rouge. Encore deux ou trois minutes avant le départ. Je dois remettre un peu d'ordre chez moi, regarder dans le bac, des fois que le dormeur ait fait des dégâts sans les avouer. Apparemment non, tout est sec, froissé mais sec. Un paquet de chewing-gum... Pêche-abricot. Les plus infâmes, ça ne m'étonne pas vraiment. C'est vraiment un parfum pour comptable.

Curieux personnage.

Je n'aurai pas percé son mystère avant Milan. Je n'irai pas voir sa femme.

Ne reste qu'à assainir l'air avec un bon paquet de fraîcheur milanaise, fameuse entre toutes. Je baisse la vitre à fond.

Sur le quai, à contre-voie, deux silhouettes. Mais bordel ! Combien de temps a duré la manœuvre ? Cinq, dix minutes ? Et ils sont toujours dans la gare ? Jean-Charles a dû traîner la patte, s'arrêter sur un banc, ou je ne sais pas... Quant il y met de la mauvaise volonté, ça peut durer des plombes. Dès qu'ils arrivent à ma hauteur je remonte la vitre et baisse fissa le store. Il ne m'a pas vu.

Toc toc.

« Antoine ! »

Je m'affiche à la fenêtre, presque calme. Le

dormeur est juste en dessous, sur les rails. L'autre est resté sur le quai.

— Antoine, on se reverra, à Paris ?

— Restez pas sur les rails, allez-vous-en.

La marche lui a rougi les joues, il est presque essoufflé.

— On se reverra, à Paris ?

— Est-ce que vous reverrez Paris ?

— Latour, nom de Dieu ! Demandez-lui vos pilules et on se casse.

On sonne le départ, je tourne la tête, le feu est vert.

— Éloignez-vous des rails, bordel !

— Mais... mes pilules sont à l'intérieur... courez les chercher... attendez... je... je viens les chercher, je sais où elles sont...

En un rien de temps il grimpe sur le marche-pied, le con. Première secousse avant le démarrage. Il tire sur la portière qui ne peut que s'entrebâiller.

— Faites pas le con, Jean-Charles !

L'homme s'élance vers lui.

Je me précipite dehors, il s'est déjà à moitié engouffré. Le train s'est élancé de quelques mètres et la portière se referme toute seule. Ils hurlent, en même temps, je ne sais pas quoi faire. Une étincelle de déjà-vécu s'allume dans ma mémoire, ils se tiennent par la main...

Je me lance vers ces deux mains crispées l'une dans l'autre, je tords les doigts pour les séparer et y parviens, le tueur a rentré sa tête à l'intérieur, il s'agrippe. De toute la force de ma jambe je lui fracasse mon pied en pleine gueule et il est expulsé sur les rails. Je fonce dans ma cabine pour le voir de ma fenêtre. Je me penche le plus possible, jusqu'aux hanches, mais le train qui vient juste de changer de voie me le cache à cause de la courbe abrupte de l'aiguillage. J'espère pour lui qu'il a au moins eu le temps de se casser une jambe.

Roulé en boule sur ma banquette, les poings crispés contre ma poitrine, je bloque ma respiration une bonne minute pour laisser passer une bouffée de violence.

*

Sur la plate-forme, deux ou trois personnes. Des voyageurs mal réveillés qui ont entendu les cris. Deux hommes, une femme, tous les trois hébétés et fixant leur regard dans la même direction.

Jean-Charles. Assis par terre, le visage levé, la main droite brandie vers nous. Les doigts saignent, il a dû s'écorcher au loquet ou sur un angle. Il sourit, les larmes aux yeux. Sa main, il veut nous la montrer, presque triomphant. Des gouttes de sang dégoulinent dans sa manche. Il va parler.

— Tout l'Océan du grand Neptune arrivera-t-il à laver ce sang de ma main ? Non, c'est plutôt ma main qui rendra les multitudes marines incarnat, faisant de tout le vert un rouge.

Maintenant c'est lui qui la regarde, encore

plus stupéfait que nous, et la pause sur sa bouche à l'endroit de la plaie. Il lèche les gouttes.

La femme se retourne en grimaçant. Un homme, peut-être son mari, l'entraîne dans le couloir. Le troisième, encore plus inquiet, me demande d'intervenir. Après tout je suis le responsable de cette voiture, hein ? Avec ma bouteille d'alcool à 90° et du sparadrap je m'assois à côté du malade.

— Je vais le faire moi-même, il vaut mieux que vous n'y touchiez pas, dit-il.

Je n'insiste pas. Le train est complètement lancé, maintenant. Au fond de ma poche je cherche les chewing-gums. Jean-Charles en accepte un, tout en appliquant le pansement.

On mâche.

Un bout de papier est plié à terre, celui qu'il m'a donné tout à l'heure et qui est tombé de ma poche au milieu des chewing-gums. Je l'ouvre, sans curiosité.

NE ME LAISSEZ PAS PARTIR

Nous nous regardons, Jean-Charles et moi, mais personne ne parle. J'en fais une petite boulette et vise la corbeille. À côté, raté. J'allume une cigarette. Le goût de l'abricot s'estompe, je fais une nouvelle boulette avec la gomme incolore et la lance vers la corbeille. À côté, raté. Je ne vise plus aussi bien qu'avant. Pour la première fois depuis longtemps je retrouve le véritable arôme du tabac.

— Tout à l'heure, cette histoire d'«incar- ⟨?⟩
nat», c'était bien du Shakespeare, non?

— Oui.

— *Macbeth*, quelque part vers le début...

— Oui, c'est dans un dialogue avec Lady.

— Je ne me souviens pas très bien de l'histoire, ça remonte au lycée, mais le truc de la
main qui saigne m'avait marqué, et les couleurs,
aussi.

— C'est vrai, hein? On s'en souvient. C'est
surtout le mot incarnat. «Incarnadine». Avoir
de l'incarnat sur les mains.

Dans un coin de fenêtre je peux apercevoir un
bout de lune. J'ai l'impression qu'il fait un peu
moins froid de ce côté-ci des Alpes. Un jour il
faudra que je visite la Lombardie autrement que
dans cette foutue carlingue. cabin (aircraft)

— Vous m'offrez une cigarette? Ça fait des
années que je ne fume plus.

— C'est des blondes.

Il la porte à sa bouche. En avançant vers mon
briquet quelque chose tombe de sa poche intérieure et roule à terre. La boîte de pilules. Il me
regarde un instant et la range.

— J'ai arrêté la cigarette après mon deuxième
gosse.

— Comment il s'appelle?

— Paul. Il a onze ans... Il est drôle... Sa condi-
tion de gosse l'insupporte, j'ai jamais vu un
môme qui aspire à être adulte avec une telle
force. C'est dingue.

Le bout de lune est toujours là et nous suit avec une formidable précision.

— Je comprends, dis-je, moi j'étais exactement comme ça. On était cinq gosses, mon frère aîné, mes trois sœurs et moi, et j'ai dix ans d'écart avec la plus jeune. Je suis le cas type de l'accident de fin de parcours, c'est courant chez les prolos. Quand je voyais mes frangines sortir le soir et rentrer à quatre heures du mat', j'en crevais au fond de mon lit de ne pas pouvoir les suivre, de ne pas goûter à cette liberté infernale. Remarquez, je me rattrapais avec la télé, c'était tellement petit chez nous que les parents étaient obligés de mettre la télé dans notre chambre, je la regardais jusqu'à la fin des programmes, quand ils étaient couchés. Je me souviens même d'avoir vu *Psychose*, d'Hitchcock, au ciné-club, tout seul. Le souvenir le plus terrifiant de mon enfance. Le lendemain j'ai essayé de raconter ça à mes copains de classe et personne ne m'a cru.

Il sourit, avec la clope au coin du bec.

— Bon, on va se coucher ? je propose.

— Vous croyez ?

— Il faudrait que je dorme une petite heure avant les premières descentes, à Vérone.

— Et vous allez me trouver une place ?

— On va essayer, dans la voiture de mon collègue, je crois que le 5 est libre.

Personne n'ose évoquer la solution Bettina. Mais on y a pensé tous les deux.

Le 5 est effectivement libre, le dormeur s'y installe timidement.

— Demain matin, vous allez voir un petit blond qui va vous demander avec beaucoup de fermeté ce que vous foutez là. C'est mon pote, vous lui dites juste que je suis au courant. Bonne nuit.

— Vous partez ?

— Vous croyez peut-être que je vais vous tenir la main en murmurant une berceuse ?

— Non... Je voulais dire... Dans des circonstances pareilles, il est difficile de dire merci, on ne sait pas quoi dire...

— Attendez attendez, maintenant je devrais dire : «Eh bien ne dites rien !», c'est ça ?

— Je vais vous remercier, à ma façon, et c'est pas grand-chose. Je crois que je vous dois un aveu. Un petit bout de vérité.

— Ah non, pitié. Ça peut attendre demain.

— Juste une ou deux minutes, s'il vous plaît. On se sentira mieux tous les deux, après.

Il m'aura pompé jusqu'au bout. Jusqu'au fin fond de l'au-delà de mes forces. Asseyons-nous.

— Bon, je vais faire vite, d'abord pour vous libérer au plus vite, mais aussi pour éviter de repenser à des choses qui ont bouleversé ma vie et celle des miens. Il y a deux ans je suis tombé malade, une maladie transmise par le sang... une maladie... comment dire... dont on ne sait pas grand-chose... une maladie... à la mode... on a encore rien trouvé pour... Non, on ne peut pas dire ça non plus ! Merde ! Mais vous voyez bien ce que je veux dire, non ?

Il s'énerve tout à coup. Il a commencé très solennel et en même pas deux phrases il a dérapé.

— Pas pire que la peste à son époque ou la tuberculose, ou le cancer, mais voilà, elle arrive maintenant, juste un peu avant une fin de millénaire, pile au moment où je faisais mon petit bonhomme de chemin sur terre, vous comprenez ?

Je reste sans réaction. Pour plein de raisons, j'ai peur de comprendre, j'ai peur de ce qu'il va dire, j'ai peur de la maladie et de ceux qui en parlent. J'ai appris une chose, dans ces cas-là : n'importe quelle réaction sera, de toute façon, mauvaise.

— Vous comprenez ou pas ? Ou vous voulez des points sur les i ? Qu'est-ce que vous voulez savoir ?

Je ne veux rien savoir, Jean-Charles. C'est toi qui veux me le dire. Je ne dirai pas le mot que tu te refuses à prononcer.

— Vous voulez son nom ? Vous l'avez déjà en tête ? Eh bien vous vous gourez ! Parce que c'est pas le bon, moi je n'en ai qu'une variante : le syndrome de Gossage, voilà, ça vous renseigne ? Bien sûr que non, hein ?

Il veut que je fasse quelque chose, rire, pleurer. Je dois garder le masque, sinon c'est foutu. J'ai attendu ça trop longtemps.

— Comment je l'ai attrapée ? Ça ne regarde

personne.... Et personne ne s'est risqué à me le demander. Les premiers symptômes sont apparus, de la manière classique, fièvres spontanées, malaises, Cochin et tout le bordel, perte de tout, faim, souffle, sommeil, conscience. Trois semaines de vomissures et d'attente dans le noir. J'ai refusé que ma femme vienne. Et un matin...

Il marque un temps d'arrêt, la main sur le front.

— J'aurais du mal à raconter ce matin-là... Un réveil, presque paisible, le sentiment de retrouver un ami... de pouvoir commander les membres, de ne faire qu'un avec mon corps, comme tout le monde, comme avant. J'ai demandé une tasse de café avec une tartine. Et mon histoire a commencé là où tout aurait dû se terminer. Le carnaval autour de mon lit, analyses en chaîne, tests et autres dialyses, la farandole de médecins de tous les pays à mon chevet, stupéfaits. Un jour on m'a dit que j'avais figé le virus. Cela voulait dire guérison ? Non, personne n'en savait rien, j'avais stoppé le virus à un certain stade, aucune évolution, ni progression ni régression. D'autres résultats sont arrivés, des choses compliquées, on m'a appris que mon sang était très particulier et qu'il développait des anticorps beaucoup plus vite que n'importe quel système immunitaire. Ils n'ont repéré qu'un seul cas similaire, à New York je crois, pour un syndrome de Gossage, aussi. Le professeur Lafaille, le spécialiste qui me suit depuis le début, celui qui ne bosse que sur moi, a mis au point les pilules que vous avez vues, adaptées à mon seul métabolisme. Seulement voilà, là où mon pauvre cas ne concernait que moi, les choses se sont compliquées, parce qu'à partir de mon sang on peut beaucoup mieux travailler le virus et, paraît-il, créer un vaccin. Le tout premier vaccin contre toutes les maladies du système immunitaire.

Je n'ai pas pu réprimer un hoquet de surprise. Je l'ai regardé autrement... Je commence petit à petit à réaliser qu'en face de moi, là, il y a un type qui peut libérer des millions d'individus du mal le plus traumatisant qui soit. Un espoir vivant. Et il m'en parle comme s'il s'agissait d'une grippe.

— Mais... c'est... c'est extraordinaire...

— Oui, peut-être, pour vous, pour mes gosses, pour le reste du monde, mais pas pour moi, vous savez ce qu'est un vaccin, il ne concernera que les gens sains, pour moi c'est trop tard.

Moment de tension. Je ne sais pas quoi ajouter. Il reprend son histoire.

— Enfin... Bref, je suis rentré chez moi, mais dans l'impossibilité totale de retravailler. Tout était changé, les amis étaient compatissants, ma femme essayait de nier la maladie, de faire comme si de rien n'était, mes gosses restaient silencieux. Des visites de contrôle quatre fois par semaine, j'étais devenu un cobaye à qui on ne cessait de répéter qu'il était un sacré veinard d'avoir un sang aussi unique. Des dizaines de formulaires à remplir pour la Sécu, des démarches à n'en plus finir, une lenteur insupportable, je les ai maudits. Les dettes se sont accumulées, vous pensez si on en a quelque chose à faire quand on peut crever d'un jour à l'autre. Ma femme a essayé de travailler, des petits boulots, par à-coups, mais on ne la gardait nulle part. Chaque matin je voyais partir Paul et Aude à l'école et je pensais à ce qui se passerait si je devais disparaître.

Silence.

J'ai envie de dire quelque chose, «je comprends» ou «mon père était comme ça», comme sûrement tous les pères. Mais je ne veux pas le mettre en colère.

— Et puis, Jimmy est venu. Il a tout de suite trouvé quoi dire. Il travaillait pour les Suisses et la Suisse n'attendait que moi. Je vous passe les détails, les capitaux investis dans la recherche, les techniques et installations de pointe, à Genève et Zurich. Essayez d'imaginer ce que représente l'exclusivité de ce vaccin? Non, vous ne voyez pas? Essayez d'évaluer le nombre d'individus concernés, rien qu'autour de vous, rien qu'en France, et multipliez par la terre entière. Les Suisses ont vu en moi l'occasion ou jamais d'être les premiers.

«J'ai tenté de me faire une vague idée du «marché» en question, et je n'y ai pas trouvé de limites. Ensuite je me suis demandé comment on pouvait penser à une telle évolution de la médecine en terme de «marché».

«Jimmy m'a montré les photos de la villa qui

143

nous attendait Banhoff Strasse à Zurich, tout le monde serait pris en charge, mes gosses étaient accueillis dans un collège privé. Ils s'occupaient de tout et ce n'était pas des paroles en l'air, j'ai vu des contrats et de l'argent, tout de suite, sur ma table en formica, des liasses, pour me faire patienter en attendant ma décision. La première raison qui m'a incité à accepter, c'est la clarté de son discours, il n'a pas cherché à me cacher que je représentais une mine d'or pour les industries pharmaceutiques, et les plus importantes sont en Suisse, c'est connu. Et puis je mettais mes gosses à l'abri et pour toujours... Quelle absurdité...

Il a retrouvé son sourire mauvais.

— Quelle absurdité ?

— Pff... Toute une vie de bonne santé et de registres bourrés de chiffres, un petit train de vie modeste qui tire vers le médiocre... On tombe malade et c'est le gros lot. J'ai accepté sans rien dire à personne. Ma femme a essayé de m'en dissuader, on se débrouillera... Et hier soir j'avais rendez-vous avec Jimmy, Gare de Lyon. Il nous restait un léger handicap : la frontière. On n'allait pas me laisser sortir comme ça. Jimmy a envisagé toutes les solutions, le jet, la Mercedes, mais partout il y avait un léger risque. Il a décidé de faire au plus simple, le plus anonyme, le train de nuit. Vous connaissez la suite. Il savait que je ne pouvais pas descendre avec lui, je n'aurais sans doute pas eu la force d'aller très loin, et puis, la frontière, toujours le même écueil, avec de nouveaux handicaps. Il a décidé

144

que je resterais dans le train pour me présenter au rendez-vous, en temps et en heure. Le type que vous avez vu à Lausanne s'appelle Brandeburg, c'est le commanditaire pour qui travaille Jimmy, il s'était déplacé personnellement pour m'accueillir.

— Et pourquoi vous n'avez pas suivi son sbire, le type à la veste en cuir ?

— J'ai commencé à avoir peur quand j'ai vu Jimmy s'énerver, il s'est tout à coup transformé, il m'a donné des ordres. Et quand l'autre dingue a sorti son revolver, j'ai compris. J'ai compris que ma femme avait eu raison de se méfier d'eux, et Brandeburg m'est apparu comme une espèce de truand qui envoie ses mercenaires un peu partout pour rabattre des «affaires» telles que moi. J'ai eu peur de mes anges gardiens, et de leurs méthodes. Vous pensez que j'allais laisser ma peau et mon sang à ces ordures ? Et c'est votre clairvoyance qui m'a posé problème, aussi.

— Pardon ?

— Ben oui, vos sous-entendus, vos plaisanteries sceptiques et votre cynisme, votre méfiance, la manière dont vous étiez, je sais pas...

— Répétez ce que vous dites ?

— Je ne veux pas dire que c'est vous qui m'avez fait changer de cap, mais tout de même, ça m'a fait gamberger. Voilà.

Silence.

— Bon... c'est terminé ?

— Oui. Je vous ai résumé deux années de ma

vie. Je vous le devais. Je vais pouvoir m'endormir le cœur plus léger.

Tant mieux pour lui. Maintenant c'est moi qui risque de ne plus trouver le sommeil.

— Bonne nuit, Antoine. Je ne vous serre pas la main, dit-il en montrant ses sparadraps, vous comprenez.

— Je comprends.

Ma voiture s'anime un peu, de nouvelles têtes défraîchies viennent contempler un reste de nuit. Je dois préparer mes passeports pour Vérone à 6 h 46. À cette heure-ci les nouveaux contrôleurs ne viendront pas faire de zèle. Engourdi de fatigue, je me sens presque bien. Une cigarette.

C'est la première fois que mon soi-disant cynisme me coûte aussi cher. Le cynisme des pauvres, ça coûte cher. Et, mine de rien, ce soir, ça emmerde les riches.

— Hé… ho ! Antoine ! Réveille-toi, on vient de passer Charenton.

— Ne dis pas de connerie, je ne dors pas.

Je daigne ouvrir un œil sur le facétieux. Celui qui, hier soir encore, était le seul visiteur admis sans qu'on l'y invite. Il est frais comme une rose et terriblement déçu de ne pas m'avoir fait lever d'un bond. Col raide, cravate impeccable, c'en est démoralisant.

— … Où on est ?

— On approche de Vérone, feignant.

Ai-je seulement dormi ? Je n'ai pas le souvenir d'un arrêt à Brescia, c'est donc que je me suis un peu laissé aller, par intermittence, par vagues. Je me suis retourné beaucoup pour trouver une bonne position, j'ai repensé à certains moments de la nuit, ou bien je les ai revécus, en rêves fulgurants. La corbeille n'est pas vraiment vide mais je me sens moins crevé. Je vais assister au lever du soleil.

— Alors ? T'as conclu avec la blonde, cette nuit ?

— ... non.

— Mais, malheureux ! Hier t'étais chaud comme une braise !

On dort mal, à même le skaï, sans couverture et sans oreiller. J'ai gardé ma veste et mes chaussures. Je sens mon odeur aigre et j'en suis gêné pour Richard qui reste adossé à la porte sans oser s'approcher. Sans me précipiter je retrouve la station debout, ouvre légèrement la fenêtre et transforme la banquette en deux fauteuils en vis-à-vis. J'aime bien ce moment : l'invitation à déjeuner. C'est une sorte de protocole entre collègues, pas vraiment obligatoire mais réconfortant. En général, celui qui a les premiers voyageurs qui descendent vient réveiller l'autre, au cas où celui-ci n'entendrait pas le réveil. Là on boit un café, on commente sa nuit, on dresse les plans de la journée.

— J'ai pas de Thermos, Richard.

— Et ça, c'est quoi, banane ?

Il ne l'oublie jamais, un bidon jaune qu'on manipule comme un calice pour ne pas en perdre une goutte. On se sert dans deux gobelets piqués au ragoût, la veille. On s'installe, face à face, le café posé sur la tablette murale. S'il savait à quel point sa visite me fait du bien.

— Dis-moi, il est bien à toi, le mec, dans mon cinq ?

— Oui. Je t'expliquerai plus tard, c'est un pauvre paumé. Un malade. Il avait l'air bien ?

— Ouais... Un chouïa déphasé mais sinon rien. Il m'a juste demandé de la flotte pour prendre un médicament.

Dehors on ne voit presque rien, la vitre ne fait que renvoyer le spectre de ma tronche où, en revanche, je vois beaucoup de choses. Richard est rasé et exhale un discretissime parfum d'after-shave au vétiver. Son café sent meilleur encore, il me rappelle une pub où des Sud-Américains hilares se tshintshinent l'expresso dans un tortillard qui se grimpe l'Aconcagua. C'est bon d'être ailleurs. La porte est restée ouverte, à cette heure-ci c'est préférable, ça évite de l'ouvrir dix fois de suite pour rendre les passeports aux voyageurs qui déboulent au compte-gouttes.

— Messieurs, bonjour. Est-ce que vous servez des cafés ?

Voilà le premier. Attiré par l'odeur.

— Non, dis-je. Et il n'y a pas de wagon-restaurant, pas de minibar roulant non plus.

Eh oui, c'est pas la peine de faire cette tête, on reconnaît la gravité de la chose, mais c'est pas une raison pour mater notre Thermos avec cet œil de faux cul.

— Il n'y a vraiment aucun moyen d'avoir du café sur ce train ? Même une petite goutte...

Échange de regard avec mon collègue. À qui l'honneur ? À moi ? Toujours moi.

— Y'a peut-être une solution, essayez de trouver des gens sympas qui ont une Thermos, ils vous en offriront bien une goutte, allez...

Il s'en retourne avec quelques borborygmes dans la barbe.

— Bravo. T'as la forme, dit Richard. C'est pas encore tout à fait ça mais ça revient. Bon sinon, on fait quoi aujourd'hui ? On peut se retrouver après ma partie de scopa, j'ai des tortelloni à acheter chez la karateka. T'as pas envie d'aller bouffer chez la Casalingha ?

Je ne sais pas quoi te dire, mon pote. Comment imaginer une journée à Venise, alors qu'en ce moment même je devrais sillonner les alentours de Bologne, au lieu de Vérone ? Les heures à venir m'apparaissent plus obscures encore que la nuit que je viens de vivre.

— Je ne sais pas, on verra bien. Si je ne suis pas libre, tu peux toujours voir ce que fait Éric.

— Aujourd'hui il est avec sa gonzesse, ducon. Il nous a assez pompé l'air avec ça.

J'ai brusquement tourné la tête.

— Tu m'appelles encore une fois comme ça et t'as mon poing sur la gueule...

Il a sursauté, le verre à la main, et des gouttes ont giclé sur son pantalon gris.

— Exc... Excuse-moi... Le prends pas mal.

La honte me monte au nez. Je sors pour mouiller une serviette. Il fait tellement gaffe à sa tenue.

— Non, c'est moi qui raconte n'importe quoi, passe un peu d'eau. Depuis hier soir je ne fais que des conneries, et le pire c'est que les premiers à trinquer sont mes potes... Alors que j'ai besoin de vous... il faut que vous soyez là... faut pas que vous me lâchiez juste maintenant...

Je baisse la tête comme un gosse. Mon visage s'enfouit au fond de mes paumes. Deux petits coups de poing me bougent l'épaule.

— Tu veux... Tu veux arrêter le boulot ?

— Ouais, j'en ai ma claque. Je ne tiendrai pas jusqu'à l'été. Demain matin je donne ma démission.

— Mais... avec qui je vais rouler ?

Là je ne peux pas m'empêcher de sourire. C'est curieux comme parfois la camaraderie peut s'exprimer dans un réflexe égoïste.

— Hé... Antoine, pour le retour je peux m'occuper de ta bagnole, j'en suis pas à mon premier couplage. Je te trouve un compartiment ou au pire une couchette libre et tu dors jusqu'à Paris. Et là tu prendras une décision.

— Merci, garçon. On verra. Retourne chez toi, les anxieux vont arriver.

Il sort sans insister. Discret comme son after-shave. Voilà ce que je vais regretter, bientôt, sédentaire. Des moments comme celui-là.

Les premiers courbaturés hantent le couloir ; sûrement les six qui descendent à Vérone. Avant qu'ils ne viennent jusqu'à moi, je leur apporte leurs papiers. Un contrôleur, jovial, me salue et lance l'incontournable question :

— E stata fatta la controlleria ?

La « contrôlerie » a-t-elle été faite ? Une réponse affirmative est toujours la bienvenue.

— Si si, non si preoccupa...

Il repart, soulagé, sans même me féliciter pour cette formule de politesse. Mais c'est comme ça que je les aime, les contrôleurs. Apparemment celui-ci n'est pas au courant de l'histoire des voleurs.

*

8h 11. Le jour se lève et Padoue s'éloigne. Au loin, entre deux collines, le soleil est beau. C'est tout. Il risque même de nous jouer l'impromptu de Janvier. À force d'être admiré par la terre entière, le soleil rital finit par se prendre au sérieux. Dans le pays il n'y a guère que lui qui bosse, et ça sauve *in extremis* le P.N.B.

Il est temps d'attaquer la demi-heure pénible du matin. Un rendez-vous dont on se passerait bien mais qui justifie une bonne partie du salaire. Tout le monde est debout, trente personnes minimum dans le couloir cherchant à négocier un coin de fenêtre. Des tronches boursouflées, des bâillements fétides et des étirements interminables. Devant les cabinets de toilette, c'est Varsovie. Les femmes entrent et sortent avec leur trousse à la main sans vraiment retrouver figure humaine, les hommes branchent leur rasoir dans le couloir et grimacent devant le miroir. C'est le moment où jamais pour mettre de l'ordre dans la bagnole, le plus rapidement possible. Chacun des dix compartiments doit être nickel en moins de trois minutes. Au début il me fallait un quart d'heure.

Entrer en se bouchant le nez, ouvrir la fenêtre au carré, vider les derniers dormeurs, descendre les deux couchettes médianes, fourrer les draps et taies d'oreiller dans un sac, plier les six couvertures et passer au suivant. Ne jamais tirer d'un coup sec sur le drap des couchettes supérieures au risque de recevoir un objet imprévisible et peu agréable sur le coin de la gueule : Walkman, slip, boîte de Fanta et autres trousseaux de clés. C'est là que mon boulot prend sa véritable dimension. Le linge sale des autres. Avant l'opération je mets des gants blancs, non fournis par la compagnie, autrement dit, un véritable scandale. Les voyageurs y voient l'expression du style chic et légendaire des Wagons-lits, alors qu'en fait ce ne sont que des dérivés de capotes anglaises à usage digital. Autres temps, autres mœurs.

Tout est fait, sauf le 7. Je n'ai pas osé. Pas plus que rendre visite au dormeur.

*

8 h 36. Nous quittons Venise Mestre, une petite enclave de la ville qui n'est rien de plus qu'un parking géant où le touriste peut déposer sa bagnole avant de pénétrer dans le mythe. On aborde la plus belle ligne droite du parcours : le ponton de plusieurs bornes qui passe au-dessus de la lagune. À peine sorti d'un brouillard de CO_2, on aperçoit au loin un mirage de beauté qui, non seulement ne s'évanouit pas, mais res-

semble de plus en plus à un Canaletto. D'habitude, en longeant le bras de mer, mes yeux se goinfrent d'horizon.

Mais ce matin, le cœur est ailleurs et le regard nulle part. Cinq minutes. Cinq misérables minutes avant l'arrivée. J'ai reculé le face-à-face avec le dormeur mais ce n'est plus possible. Il m'attend sans oser venir lui-même. Il m'espère. Tous mes autres voyageurs n'espèrent plus rien, ils s'agglutinent déjà sur les plates-formes, ils ne me regardent plus en face, je ne sais pas si c'est un effet de ma paranoïa mais j'ai souvent l'impression qu'ils pensent : « On va se démerder sans toi, maintenant. » L'étrange inquiétude de ne pas pouvoir descendre les fait se compresser vers les portières et c'est tout un monde pour les enjamber un par un avec leurs valises. Chez Richard, le même bloc compact à pourfendre. Écarte-toi, plèbe, j'ai encore à faire. Richard tire son sac de linge sale dans le couloir.

— Gentil, ton zozo, mais pas causant. Tu le récupères ?

— On va voir.

Jean-Charles est assis près de la fenêtre, calme, les genoux ramenés vers lui. Il semble parfaitement reposé et contemple avec une certaine langueur la tranquille mouvance verte qui baigne les pilotis.

— J'ai failli ne jamais connaître ça...

— Attendez de voir la ville avant de vous

154

extasier, sinon on manque très vite de superlatifs. Bien dormi?

— Parfaitement bien. Je n'aurais jamais cru cela possible après... Et vous?

— Je ne sais pas vraiment si j'ai dormi, ce n'était peut-être pas possible. Je marche un peu plus droit. Qu'est-ce que vous comptez faire à Venise?

Question abrupte, je sais, mais je ne vois pas pourquoi je le ménagerais, encore et encore. Dans le train, à la limite, on peut admettre une nuit de prise en charge, c'est mon boulot. Mais à terre, il redevient le quidam de la rue et je ne vais pas lui apprendre à marcher. C'est vrai, quoi...

— ... Je ne sais pas... je...

— Ne bafouillez pas, ne baissez pas les yeux, ça ne m'amuse plus de vous voir faire le môme. Dites-moi exactement ce que vous pensez faire, si vous craignez quelque chose et quoi. J'ai cru comprendre que la Suisse et vous, c'était terminé. Alors vous rentrez, c'est ça?... Dites-le, merde!

— Oui.

Enfin... Enfin quelque chose de clair.

— Oui, j'ai réfléchi à tout ça, cette nuit, dit-il. Je ne vois pas pourquoi ce serait la Suisse qui profiterait de moi, surtout par l'intermédiaire de ces ordures...

La situation ne s'y prête vraiment pas, mais ce taré affiche un sourire pervers.

— Et la France va se rendre compte qu'ils

ont failli me perdre, et croyez-moi, je vais obtenir quelques dédommagements. Après tout, pourquoi pas eux? Je vais faire un petit trou dans le budget de la recherche, vous allez voir!

Médusé, défait, je ne prononce pas le moindre mot.

— Si je rentre, c'est pour le fric, et pas pour la gloire médicale de mon pays!

— Et dans votre petite tête, vous voyez ça comment? Dépêchez-vous, on arrive.

— J'en sais rien... Je vais téléphoner à ma femme, elle va m'envoyer un mandat, un truc en express...

— C'est quoi votre banque?

— Ma banque? Elle a porté plainte.

— Pardon? Et tout ce fric des Suisses sur la table en formica? Vous n'avez même pas daigné rembourser vos dettes?

— On partait... j'allais quand même pas...

Cauchemar... Cauchemar de connerie... Je n'ai jamais approché ça d'aussi près. Si, avec mon père. Trois billets de cinq de cinq cents balles en même temps et c'était la poussée d'adrénaline. Avarice? Cupidité? Non, angoisse, peur de se brûler. Le premier esclavage du prolo, c'est de ne pas dédramatiser le fric.

— Et d'abord, vous pensez qu'ils vont vous lâcher, les Suisses, après vos engagements? Après ce fric, justement?

— S'ils le veulent je rembourserai. On ne peut pas me mettre en taule, c'est ma seule force. Si la France me veut, elle a intérêt à me soigner, et vous verrez qu'ils auront enfin un peu d'égard pour moi.

Je n'ai vraiment pas l'impression d'entendre parler un type en danger de mort, comme il le prétend. C'était peut-être une de ses entourloupes pour me contraindre à l'aider. Il a dû sentir que j'en avais marre, il m'a mitonné une histoire grave et insensée pour s'en sortir. Syndrome de quoi, déjà ?

Si par malheur il a fait une chose pareille, je jure sur la tête de Katia de lui faire vivre un enfer noir. Macbeth, à côté, ce sera du vaudeville. Pour l'instant il a toujours le bénéfice du doute.

— On arrive. Restez dans la voiture pour le moment, il y a des chances pour que votre Brandeburg nous ait réservé un comité d'accueil.

Il se dresse sur ses jambes, réfléchit une seconde, pose une main fébrile sur mon épaule. Je m'écarte légèrement.

— N'ayez pas peur, il ne pourra pas tenter grand-chose à l'heure qu'il est, surtout en pleine gare d'arrivée.

Je dis ça pour le rassurer mais, avec des types pareils, allez savoir...

— L'idéal serait qu'ils ne vous voient pas descendre, dis-je.

— Mais comment... ? Ils... Ils vont bien finir par me retrouver... !

J'essaie de gamberger, de trouver un moyen, et ça n'a rien de facile auprès d'un angoissé qui

157

se remet à bafouiller en vous faisant sentir toute la charge de son propre corps.

— Vous descendrez quand je vous ferai signe. Si je suis occupé, ce sera mon collègue qui prendra soin de vous. Suivez-le sans faire d'histoire, même s'il vous demande d'enjamber des wagons entiers. Faites comme lui. À tout à l'heure.

— Mais...

Je ne lui laisse pas le temps de trouver des complications, il y en a déjà suffisamment. En passant devant sa cabine je laisse des consignes à mon pote. Je vois bien un système pour éviter à Jean-Charles de se montrer, mais ça demande l'agilité du couchettiste chevronné. Souvent, au lieu de nous farcir tout un détour par le quai, on traverse les voies en ligne directe et le plus souvent on s'accroche au chariot du nettoyeur qui nous jette jusqu'à la sortie. Mais le seul problème, pour passer en contre-voie, c'est de traverser le train auquel nous sommes collés, le Venise-Rimini. Il est parfois difficile de trouver une portière qui coïncide avec une des nôtres, il faut souvent parcourir plusieurs voitures. Mais on la trouve toujours, quitte à jouer l'équilibriste.

— Il y aura peut-être des emmerdeurs sur le quai, dis-je, ils en veulent après mon clando. C'est pas sûr, mais on sait jamais. Tu peux me rendre un service ?

— Quel genre ?

— Le genre acrobate. Si jamais tu me vois

en train de discuter avec des individus, tu embarques le clando avec toi et tu le sors de la gare en passant sur les voies. Débrouille-toi pour qu'il ne se casse rien, il en est capable.

— Si je trouve le nettoyeur, je peux l'embarquer dans son chariot ?

— Ce serait le mieux. En revanche, si à quai je te fais signe que la voie est libre, tu le fais descendre avec les autres voyageurs.

— O.K., j'ai pigé, je le sors de Santa Lucia. Et après, j'en fais quoi, de ton mec ?

Bonne question. Le train est presque arrivé et je n'ai plus le temps de trouver une planque, il va falloir aller au plus simple.

— Tu l'emmènes à notre hôtel, tu demandes à la taulière si elle n'a pas une chambre, juste pour une nuit, tu dis que c'est un copain à moi. Sinon tu l'installes dans notre chambre, dix minutes, le temps que j'arrive.

Sans chercher à en savoir plus, il me fait O.K. de la main. Je n'ai même pas eu besoin de lui promettre un retour. Il est peut-être temps de reconsidérer ma camaraderie pour lui afin d'envisager désormais le terme d'« amitié ».

Le train stoppe une première fois à deux cents mètres de la gare pour bien vérifier sur quel quai s'engager. Comme d'habitude, on doit se précipiter sur les portières pour empêcher les gens de descendre. On ne peut pas les laisser seuls une seconde. Je cadenasse ma cabine, prépare mon sac de linge sale pour la fourgonnette du nettoyeur et nous sommes à quai, juste à côté du

Rimini qui va démarrer deux minutes après notre arrivée. Je descends le premier mais au lieu de rester au pied de ma voiture, comme le voudrait le règlement, j'avance en tête du train avec mon sac sur l'épaule. En éclaireur. On se cherche des yeux, on crie, on s'embrasse, on s'attend. Moi, je ne sais pas qui je cherche, mais j'attends aussi.

— Vous savez pour qui je suis venu ?

J'ai virevolté vers cette voix. J'ai reconnu le manteau bleu avant de voir son visage. Il est venu en personne. Maintenant je sais. Je sais qu'il s'appelle Brandeburg et qu'il est terriblement bien organisé. Il a des tentacules dans toute l'Europe, il suffit de voir avec quelle facilité il est arrivé à Venise avant moi.

— Je n'ai pas apprécié la façon dont vous m'avez congédié, à Lausanne. Mais ce n'est rien en regard de celle dont vous avez usé avec mon collaborateur. Vous savez ce qui lui est arrivé ?

— Il est tombé du train, je réponds, du tac au tac.

Il fait un petit signe du doigt vers ma voiture, et au même instant, deux types y grimpent. Richard et Jean-Charles sont sans doute déjà passés de l'autre côté. Il reprend.

— «Tombé du train...» C'est tout ? Et ensuite ? Il s'est relevé, comme ça, en douceur... ?

Je ne vois pas où il veut en venir.

— Il s'est... il s'est fait mal ? je demande, du bout des lèvres.

160

Il hésite un instant, avant de répondre.

— Une roue lui a cisaillé le bras droit.

— ...

J'ai détourné les yeux, bouche bée. Un frisson m'a parcouru le dos et le cou.

— Quand on me l'a appris il vivait encore, ils essayaient de le réanimer. Il était pratiquement exsangue.

Une seconde plus tard, il ajoute :

— Les chemins de fer italiens vont faire une enquête.

Une enquête... Il veut sans doute me foutre la trouille avec ça, après ce qu'il vient de m'annoncer.

— Ils vont vite savoir de quel train il est tombé, et vous en entendrez parler à Paris, dès votre retour. Je peux me débrouiller pour vous faire avoir beaucoup d'ennuis, après cet accident. Rendez-moi Latour, ce serait mieux, pour vous.

Le dégoût... Le dégoût si j'essaie d'imaginer un bras arraché, le dégoût pour ce type qui me parle, ce salaud qui se fout de voir un de ses hommes mourir, pourvu que sa mort serve à quelque chose.

Je ne dis rien. Les tripes serrées, je vois le flot de voyageurs devenir plus fluide. Il s'énerve.

— De quoi vous mêlez-vous et pourquoi ? Après tout, si vous avez une bonne raison, je suis d'accord pour en parler !

Après un instant d'hésitation, je l'ouvre.

— Si je me suis occupé de celui que vous

cherchez, c'est parce que votre Américain n'a pas su le faire. À Lausanne, je ne demandais pas mieux que voir descendre votre Latour mais les contrôleurs ne m'ont pas lâché. Et si j'ai «congédié», comme vous dites, le second, c'est qu'il me menaçait avec une arme. Je n'ai rien fait, il a voulu monter dans un train en marche... Maintenant si vous voulez savoir où se trouve celui que vous cherchez, faites un saut jusqu'à Brescia avec votre jet. Je lui ai demandé de choisir: régulariser sa situation auprès des contrôleurs ou descendre du train, et je savais ce qu'il choisirait.

— Vous mentez. Latour est ici, pas loin, et je ne repartirai pas sans lui. Qu'est-ce que ça peut bien vous faire ?

— Rien. Absolument rien. Fouillez partout, arpentez les alentours de la gare ou quadrillez Venise, ça ne me regarde pas. Latour est à Brescia, le pire c'est qu'il va sûrement chercher à vous joindre. Il est assez grand, non ?

Une dernière grappe de voyageurs part vers la sortie, Bettina est au centre. Dès que je la vois je me mêle à eux. Brandeburg reste impassible, pas question pour lui de chercher à m'isoler pour l'instant. Sans sortir les mains de son manteau il me lance une dernière phrase.

— Votre retour à Paris est jalonné de rendez-vous, il y en a plus qu'il n'en faut. À plus tard.

Bettina vient juste de passer, elle marche trop vite et j'accélère le pas. Même de dos on voit bien qu'elle en veut à la terre entière. Ses premiers pas dans Venise vont être gâchés, sa première vision souillée et son premier souvenir tristement inoubliable. Et c'est dommage, parce qu'elle ne se doute pas de ce qui l'attend, dehors, dès la sortie de la gare. Je ne suis pas le genre romantique transi par l'intacte pureté des vestiges de murs, non, mais j'ai vu suffisamment de paires d'yeux au moment de la sortie pour pouvoir y lire quelque chose. Quelque chose de rare. Venezia Santa Lucia ressemble à toutes les gares italiennes, rectitude fasciste et marbre noir. Mais à peine met-on le pied sur la première marche qui descend vers la rue, on reçoit la première baffe esthétique : un panoramique sur le Grand Canal traversé par un pont blanc qui mène à une basilique, des piliers d'amarrage peints en spirale bleue façon sucette géante, un vaporetto qui accoste. Le boulevard Diderot de la Gare de Lyon a encore un effort à faire. Peut-être que Mademoiselle Bis n'a pas brûlé tout son capital émotif. Peut-être qu'elle ne va pas rater son premier rendez-vous.

Rendez-vous...

Je n'ose pas encore lui parler, elle ne m'a pas vu, sur le quai. Le chariot du nettoyeur passe à proximité, Richard est assis à côté du conducteur, Jean-Charles s'est sûrement avachi dans un des wagonnets.

Bettina s'arrête devant le bureau de change, hésite un peu, il y a la queue, non, on verra plus tard. Attention, c'est le moment où jamais de voir si elle est encore attentive à l'extérieur. Et si oui, j'aurai peut-être le courage de m'insinuer dans un petit quart de sa rétine.

Rien. Elle est entrée dans Venise comme dans un couloir de métro, avec juste une œillade sur un panneau indicateur, et je n'ai même pas vu lequel.

Et puis je devrais me réjouir au lieu de me plaindre, elle n'a pas eu l'envie, le courage ou la force de nous jouer la crise d'hystérie devant les flics, témoigner, porter plainte. Dès qu'elle ira un peu mieux, une question viendra lui tarauder l'esprit: comment tout ceci a-t-il été possible dans un train, bourré d'individus et d'uniformes? Jamais elle ne trouvera de réponse. Moi, je cherche encore.

De Venise je ne connais que ça, l'entrée en scène pour l'avoir vécu une trentaine de fois. Mais le coup de charme ne dure que cinq à dix secondes, ensuite on ne pense qu'à une seule chose: avoir la chambre du premier, au fond du couloir à gauche, de l'hôtel Milio. C'est le premier arrivé qui l'obtient pour la simple et bonne raison qu'elle est équipée d'une douche et d'une chiotte personnelles. Les autres se débrouillent dans le couloir et se disputent la place avec des touristes allemands, frais et reposés, incapables de comprendre que pour nous la douche relève de la plus haute urgence. Ensuite on se glisse sous les couvertures, rien que pour goûter à la joie de défaire un lit et de s'y étirer un petit quart d'heure, sans espérer y trouver tout de suite le sommeil. C'est juste histoire de se vider les yeux dans le blanc des draps. On reste là, souvent à deux dans le même lit, tout dépend de la saison. En été nous sommes deux ou trois dans la même chambre, surtout à Rome. À Venise il n'y a pas de saison, c'est toujours plein, on se relaie devant le lavabo, Richard et moi. Dans le lit, je fume une clope, je regarde l'état de mes vêtements disposés sur un valet de nuit, je vide mes poches dans le cendrier, je regarde une petite marine près de la table, une barcasse où meurent deux poissons vaguement jaunes. La femme de chambre entre, toujours par erreur, et glousse de nous voir, l'un en caleçon et en plein rasage, l'autre à poil, sortant de la douche. Muets comme un couple qui vient de s'engueuler. Richard en rajoute, et dès qu'elle entre, il me lance en italien: «T'as un reste de fond de teint, trésor!» Moi je ne l'aime pas, je la poursuis dans les étages pour avoir une savonnette ou une serviette sèche, cette vieille peau. Le seul avantage, c'est que son hôtel est situé à quinze mètres de la gare, Lista di Spagna. Il m'a fallu longtemps avant de comprendre que c'était le nom de la rue, comme Calle ou Riva. Et ce matin je n'aurais pas fait trois mètres de plus.

Péniblement, je grimpe le long escalier qui mène au guichet, derrière il y a la fille de la vieille peau, une femme-panthère qui mesure deux têtes de plus que moi et qui vous détaille de son strabisme bleu et bizarrement attrayant.

— Siete stanco?

Fatigué? Un peu. Elle demande toujours. Je me doute qu'elle s'en fout royalement mais c'est tout de même gentil. Puis vient la petite série de questions inutiles, oui nous ne sommes que trois couchettistes, comme d'habitude, oui nous repartons ce soir, comme d'habitude, oui voilà ma carte des Wagons-lits, merci. Comme si elle ne me connaissait pas déjà par cœur.

— E vostro amico, rimane fin'a quando?

Jusqu'à quand va rester mon ami...? J'ai envie de lui dire que le dormeur n'est pas mon ami, mais ce n'est pas le moment. Deux ou trois jours, dis-je, histoire de la rassurer. Les patrons se débrouillent toujours pour loger les copains et fiancées des couchettistes. Parfois ils font même une ristourne, mais c'est rare. Dire que je n'ai jamais emmené Katia et que c'est ce dormeur à la con qui va en profiter.

Richard a déjà défloré le lit. Il fume, le nez en l'air.

— T'as pris ta douche? je demande.

— Non.

— Où il est?

— Ton clando? La bigleuse lui a refilé son placard, au second. 15 000 lires la nuit, la moins chère de Venise. Il va y rester longtemps?

— J'en sais rien. Personne ne vous a vus?

— Crois pas.

— Tu veux une explication? je demande.

— Oui. Prends ta douche d'abord.

Bonne idée, ensuite je me couche, nu, propre, jusqu'à ce soir. Rien que le déshabillage est un

166

vrai plaisir, j'ai l'impression de peler un oignon. Mes bras sont malhabiles et sortent difficilement des manches, pour les chaussures je suis obligé de m'asseoir.

— Et ta partie de cartes?

— J'ai le temps. Je vais d'abord essayer de trouver un teinturier.

— Éric a la chambre avec le petit lit?

— ...? Tu le fais exprès ou quoi? Il est avec sa NA-NA.

— Excuse-moi.

Je ferme les yeux pour mieux recevoir la caresse de l'eau chaude. Tout une bouffée de bien-être m'envahit le torse et les épaules, mon mental se met sur OFF, j'augmente progressivement l'intensité du jet et le concentre sur mon crâne. Plus rien ne me fera sortir de cette douche, si ce n'est mon train, à 18 h 50.

— Héo, t'as vu la taille du ballon? Laisse-moi un peu d'eau chaude.

Il prend place dans le bloc de vapeur et tout à coup j'ai froid. J'avais oublié l'hiver, le mois de janvier, le radiateur poussif de cette piaule et le manque total de serviette-éponge. Pas envie de courir après la vieille, je vais me débrouiller avec les essuie-mains au bord du lavabo. Mes épaules grelottent et m'en veulent, je me jette dans le lit et me roule en boule dans les couvertures.

— Ah ça fait du bien, bordel... Antoine?

— J'suis là. Je me cache.

— Restes-y, mais dis-moi quand même ce que c'est que ce mec.

Si je m'écoutais je lui balancerais tout, toute une longue éructation hargneuse, sans oublier aucun détail, comme j'en ai l'habitude avec Katia, même quand il ne s'est rien passé.

Dans le creux du lit, mon souffle est venu réchauffer la bulle où j'ai trouvé refuge.

*

Pourquoi ai-je menti ? Peut-être que l'envie de raconter toute une nuit de cassure ne m'a pas démangé plus que ça. La conviction que rien ne serait fidèle à la folie des événements, et surtout le sentiment confus que ça m'appartenait. Là-dedans il n'y a rien à partager. Cette histoire n'est pas à mettre dans le tronc commun des mille petits dérapages dont nous sommes témoins sur le rail. Même Katia, cet être dévoué, amoureux, attentif, serait de trop. Personne ne va me dire ce que je dois faire du dormeur, personne n'était à mon poste le mercredi 21 janvier sur le train 223 voiture 96. C'est ce qu'a voulu dire le tueur, cette nuit. On oubliera pas... Et je sais combien il leur est facile de retrouver un couchettiste, une petite plainte aux Wagons-lits suffirait, une petite enquête auprès de mes collègues en se faisant passer pour un de mes amis. Il y a mille moyens pour savoir qui était ce soir-là sur le 223 voiture 96. Brandeburg va se débrouiller pour connaître mon nom, avec ses faux airs de gentleman et ses menaces sourdes. Ils m'ont épinglé comme un papillon dans une vitrine d'entomologiste.

Richard pense que le dormeur est mon ami d'enfance, qu'il est en cavale. Je ne pense pas qu'il m'ait cru. D'ailleurs, comment pourrait-on croire aux propos d'un type qui s'invente un faux ami pour mentir à un vrai ? Il n'a pas insisté pour en savoir plus, il s'est levé et m'a proposé un rendez-vous après ses parties de cartes.

Dès qu'il est sorti, je saute du lit pour fermer les volets et éteindre la lumière. Le noir est presque parfait. Simple affaire de pupilles, mais les paupières ont du mal à se fermer. Moi qui ai fui Florence pour ne pas avoir à faire ça...

M'éteindre moi aussi jusqu'aux prochaines traverses, aux prochaines réservations, aux prochaines gueules inconnues. Les draps sont chauds.

*

— Ch'è successo ? !

Une voix rauque.

La lumière s'allume sur un visage fripé, un corps courbé qui tend sa main sur mon front.

La vieille taulière. Il paraît que j'ai crié... Elle semble inquiète. Si je lui dis que ce n'est qu'un cauchemar ça va la rassurer... Avant de reprendre tout à fait conscience, avant même d'évacuer tous ses visages horribles de mes

yeux, je loue cette vieille femme pour un geste
d'affection aussi imprévisible.

Ce cauchemar m'a court-circuité les neu-
rones, une décharge qui a érasé des données
impossibles à stocker. Je crois que je suis en
train d'éprouver physiquement le terme de
«sommeil paradoxal». Plus ça turbine fort plus
le sommeil est profond et ça fait du bien.

À quoi bon me rendormir, maintenant. J'ai
envie de traîner mes pompes là où elles me
conduiront, dans Venise, entre deux ponts, un
verre de vin blanc, bien frais, malgré l'hiver. Je
ne pourrai pas sombrer à nouveau dans l'oubli,
pas tout de suite. Cet après-midi sûrement. J'ai
plutôt envie de réfléchir à tout ça, tout seul, tout
doucement. Déambuler jusqu'au café de Peppe,
un des rares endroits de Venise où se réfugient
les Vénitiens, loin des Schpountz, des Beefs et
des couples d'amoureux venus de la terre
entière.

Avec une incroyable lenteur je me suis rha-
billé dans le noir, en devinant le bon sens de mes
vêtements civils. Je ne veux que la lumière du
jour. Au passage j'ai fourré mon réveil dans la
poche. Je suis sorti dans le couloir où la vieille
taulière s'est félicitée de me voir marcher. Voilà
une femme que je ne regarderai plus jamais avec
mon petit air pincé. Elle m'indique le chambre
de «mon ami de Paris». Je toque et ça ne
répond pas. J'ouvre, il est complètement investi
dans son rôle de dormeur et j'ai beau essayer de
le secouer, rien n'y fait. Comment on dit? Le

sommeil du juste ? Le repos du guerrier ? Dormir comme un bébé ? Qu'est-ce qui conviendrait le mieux ? Il ne s'est même pas déshabillé. Je gratte un petit mot sur un coin de table pour lui faire savoir que je lui amènerai à bouffer vers midi. Je remonte le réveil, si mes calculs sont relativement exacts il devrait reprendre une pilule vers 10 h 00, 10 h 30. Mettons le quart et n'en parlons plus.

Il est 9h 25, le Lista di Spagna commence à s'animer, les échoppes sortent leurs étalages de verroterie qui ne bernerait pas un indigène sur cent, les vendeurs de péloches accueillent les premiers ennikonés, les Würstels décongèlent et les gargotteurs affichent leur menù turistico apparemment bon marché mais horriblement cher pour ce qu'il propose. Dans ma poche je sens un petit rouleau de billets, en tout 30 000 lires, de mon dernier voyage. Un généreux pourboire pour avoir servi d'interprète entre une Japonaise parlant l'anglais et un Italien ne parlant que l'italien. J'ai peut-être de quoi faire un petit cadeau à ma compagne si je ne me fais pas trop arnaquer par un autochtone. Vous tous, marchands de Venise, sachez que je ne suis pas un touriste, je suis un frontalier, je suis là pour vous les débarquer, les touristes, et je ne me laisserai pas embobiner par vos multi-services en quadri-langues.

Quand je pense qu'à deux pas le palais des Doges s'enlise... On a envie d'en être le témoin. Combien de fois ai-je déambulé dans le laby-

171

rinthe bleuté, en essayant d'éviter les culs-de-sac dans la baille ?

Ça y est, je suis déjà au bout de la Lista di Spagna. Et maintenant ? Je connais bien le chemin pour aller jusqu'à San Marco en passant par le pont Rialto, mais je ne connais plus le moindre nom de rue. J'y vais au pif, comme un couchettiste peu curieux qui repousse toujours au prochain voyage une étude plus soutenue de la ville dont on lui demande de parler chaque fois qu'il en revient. Des éternels passants, nous sommes.

J'ai traîné jusqu'à la place Saint-Marc, j'ai bien vérifié que rien ne manquait, la Basilique, le Lion d'or, l'horloge, le Florian...

Et maintenant... ?

Rentrer ?

Ça me semble une excellente idée. On remet à la prochaine fois la visite de Murano, Burano, Torcello, de l'Académie et de toutes ces choses inratables. Même s'il n'y a pas de prochaine fois. Pour l'instant on va chez Peppe.

Vin blanc, canapés de poisson coupés en triangle, les tramezzini, des vieux Vénitiens qui jouent à la scopa jusqu'en fin d'après-midi, les journaux du jour qu'on se repasse. Richard et moi on y reste des heures, il joue, je lis, on apprend la langue vénitienne en discutant avec un serveur qui passe son temps à chasser les touristes égarés. Il arbore une magnifique chevelure blonde argentée, notre seule preuve tangible que le blond vénitien existe bel et bien. J'y vais les yeux fermés, au bord du quartier de l'ancien ghetto. Richard est attablé dans la salle du fond, face à Trengone, un habitué, que je salue bas. Il lève les yeux vers moi, pose ses cartes, me prend dans ses bras et me fait trois bises baveuses. Tout ça parce qu'une fois, il y a un an, j'ai ramené des livres de français, introuvables en Italie, à sa fille.

— Antonio! Mais viens plus souvent nous voir au lieu d'aller chez ces Florentins!

— C'est pas moi qui décide, je mens. Vous en êtes à combien dans la partie?

— Aaah... Riccardo n'y arrivera pas, aujourd'hui...

— C'est pas dit, fait le collègue.

Peppe m'apporte d'office un verre de vin blanc. Richard pose un quatre d'épée. Par un geste, je demande à une petite fille de me tendre le journal à sa portée. Trengone brandit haut et abat, triomphant, son quatre de coupe. Richard rigole en faisant le geste du cocu. Peppe me présente la petite fille, sa petite fille, Clara. Un vieil habitué se penche sur la partie et, docte-ment, envoie une petite tape sur la tête de Richard en disant: «Tu peux pas faire attention, étourdi?» J'ai bu une gorgée de vin. J'ai regardé la salle. Lentement.

C'est à ce moment-là que j'ai su que je ramè-nerais le dormeur à Paris.

Pour deux raisons. D'abord parce qu'il est le seul témoin de toute cette histoire, le seul individu qui pourra témoigner de tout ce qui s'est déroulé. Il en veut à Brandeburg encore plus que moi, il pourra dire qu'à Milan c'était un accident. Je ne dois plus le lâcher. Pour l'instant je ne vais rien lui dire de ce que m'a raconté Brandeburg et surtout pas cette histoire de bras cisaillé. On verra à Paris. J'ai désormais autant besoin du dormeur qu'il a besoin de moi.

Il y a une autre raison. Et celle-là me paraît plus importante encore que la première. Elle ne concerne que moi, Antoine, celui qui va changer de vie, bientôt, et qui ne pourra jamais rien envisager de sérieux s'il laisse une odeur de remords derrière lui.

La partie s'est conclue, au désespoir de mon pote. Le journal ne m'intéressait pas vraiment, alors j'ai encore bu de ce vin, clair comme une eau de source. En partant nous avons promis de revenir aussi vite que les types du planning, à Paris, nous le permettraient. Trengone m'a embrassé, sans doute pour la dernière fois. Bizarrement j'ai pensé que des copains de passage comme lui, des petits échanges chaleureux et spontanés, j'en avais aussi à Florence et à Rome. Je ne sais pas pourquoi ce truc m'est venu à l'esprit, mais je les ai quittés avec ça au fond du cœur.

*

174

— T'as faim, Antoine?

— Non, mais je dois acheter de la bouffe, pour mon clando.

Au marché j'achète des fruits et deux sandwichs au salami. Richard, rien. La Lista di Spagna n'a pas le succès escompté. Il est quand même 11 heures.

Et, tout à coup, j'ai une drôle d'impression en entrant dans l'hôtel.

Je me force à grimper quelques marches sans me retourner.

— T'as vu le type, là, juste derrière la vitrine du café?

— Hein?

— Mais si, là, le café en face de l'entrée, y'avait bien un mec seul, une sale gueule!

— Attends, attends, du calme. T'as vu un mec avec une sale gueule...?

— C'était sûrement un Suisse, il ne cherchait même pas à se cacher!

— Toi t'es fort. T'arrives à repérer un Suisse sans qu'il ait ouvert la bouche. Et puis même, qu'est-ce que t'en as à foutre?

— À ton avis, combien ça prendrait à un voyageur de savoir où vont se reposer les couchettistes?

— Dix minutes. Un coup de fil à l'inspection de Gare de Lyon en disant que le couchettiste a embarqué une carte d'identité par inadvertance. Là-dessus La Pliure se confond en excuses et balance fissa l'adresse de l'hôtel. C'est l'engueulade le lendemain matin.

En quatre enjambées, je rejoins le bureau d'accueil. Des clients se croisent dans le couloir avec des plateaux de petits déjeuners et des serviettes de toilette. La panthère me regarde d'un drôle d'air. C'est elle, d'ailleurs, qui me coupe la parole, sur un ton aigre.

— Qu'est-ce que ça veut dire! Écoutez, si vous avez des histoires sur le train, ça ne nous regarde pas! Je vais me plaindre à votre bureau la prochaine fois qu'ils téléphoneront!

Je n'ose pas lui demander ce qui s'est passé.

— Un fou! Il parlait très bien l'italien, il a demandé après vous et votre... ami. Il a d'abord voulu le saluer dans sa chambre mais j'étais obligée de lui demander d'attendre dans le hall, c'est le règlement, et vous le connaissez, non? C'est interdit!

— Il a les cheveux châtains, assez courts, il porte un anorak... Anorak... Vous savez, ces vestes pour faire du ski..., je balbutie.

Je m'empêtre dans les mots, alors que cette fille n'a qu'une seule envie, c'est me griffer.

— Oui, je vois bien, un rouge. Quand j'ai refusé de le laisser entrer — et j'étais aimable! — il a tapé du poing sur le bureau, il s'est très énervé! J'ai cru qu'il allait lever la main sur moi! Il a voulu ouvrir toutes les chambres et mon mari est arrivé! Le salaud, tout ça parce que je suis une femme! Le salaud! Vos histoires personnelles n'ont pas à entrer ici, je me plaindrai aux Wagons-lits!

— Vous avez raison, excusez-moi, je vais

vous débarrasser de mon ami, celui qui dort, on va sortir, vous n'aurez plus d'ennuis...

Sans en rajouter j'agrippe Richard, à moitié médusé par la hargne de la fille, et l'entraîne dans la chambre du dormeur. La seule chose à faire est de laisser passer l'orage. Demain je démissionne, elle pourra toujours faire son scandale. Mais je dois faire sortir Jean-Charles au plus vite, ils sont capables de revenir en force, et elle va vraiment la recevoir, cette baffe. Elle va bien finir par appeler les flics.

— Bon, là ça urge, dis-je à Richard, le type en bas fait partie de la bande des méchants, moi et le dormeur on est de l'autre côté, te gourre pas, il faut que...

— Le dormeur ?

— Mon clando. Je dois le planquer jusqu'à Paris, pour des raisons autrement plus graves que celles que je t'ai sorties tout à l'heure. Il est malade et con.

— Malade de quoi ?

— Il me dit qu'il a chopé la mort.

On entre sans frapper. Le dormeur lève un peu la tête de son oreiller.

— On se casse d'ici, Jean-Charles. Brandeburg a posté quelqu'un en bas. Un anonyme pas discret, volontairement pas discret, pour nous inciter à réfléchir, vous ou moi. Ils n'ont pas l'intention de vous lâcher.

J'attends des réactions, le dormeur devrait pousser un petit gargouillis d'angoisse et Richard devrait maugréer un « expliquez-moi tout ce bordel !». Mais rien. Mon énervement, l'urgence, ont dérouté toute logique de comportement.

— T'as une idée pour planquer celui-là dans un endroit calme, je demande à Richard, pour qu'il puisse dormir, hein ? Parce que vous êtes encore crevé, hein ? dis-je au dormeur.

Qui, pour toute réponse, repose sa tête sur l'oreiller.

— T'as vu, hein Richard ? On peut pas compter sur lui.

— Calme-toi, Antoine. Tu déconnes. Je ne te comprends pas.

— Dis-moi où je peux le planquer ! En intérieur, dans un endroit calme où personne ne peut le retrouver.

— Au foyer F.S. ?

Au foyer... ? Mais oui... Mais oui, bordel. Au foyer des Ferrovie dello Stato il y a un dortoir uniquement réservé aux cheminots. Avant que la Compagnie ne passe un contrat avec l'hôtel on allait y dormir. 6000 lires la piaule, il suffit de montrer sa carte de roulant. Il est situé dans la gare, près du bureau des Wagons-lits et des vestiaires de la F.S. Mais comment s'y rendre sans passer sous le nez du mateur ?

— Y'a une autre sortie, ici ?

— Non, aucune, fait Richard.

C'est vrai, j'ai oublié ce putain d'escalier qui donne directement sur la rue. Aucun moyen de sortir autrement que par la porte, celle avec la pancarte «completo» et l'autocollant visa.

Jean-Charles reste prostré sur son lit et ressemble de plus en plus à un déserteur.

— Ton problème, Antoine, en gros, si on me donne l'autorisation de comprendre, c'est d'allonger celui-ci dans le dortoir sans que celui-là, en bas, le voie passer.

— Voilà.

— Eh ben le plus gros problème, ça va être de convaincre celui-ci de reprendre la station verticale. Parce que celui-là, on peut toujours lui faire un sketch.

— À savoir ?

— Là, tout de suite, je ne vois pas, mais ça nous est arrivé cent fois dans les trains. Comment on fait d'habitude pour contourner un payant ou retarder un contrôleur ?

Une diversion. On fait ça souvent mais chaque contexte est différent. Il n'y a pas de vraie recette, on fait avec les éléments en présence. Mais l'idée est loin d'être conne. De toute façon ils savent que le dormeur est avec moi, le vrai rendez-vous se fera dans le train. Mais pour l'instant je ne dois pas le laisser dans cet hôtel, ils sont capables de beaucoup d'initiatives, ils l'ont prouvé, ils ont des moyens, du fric, une organisation, il n'y a qu'à voir la facilité avec laquelle ils se déplacent sur le territoire européen. Et bientôt, on aura même plus de frontières. Belle idée, l'Europe...

— Je crois que je sais ce qu'on va faire. Richard, lequel de nous deux parle le mieux l'italien ?

— C'est moi.

— Exact. Alors tu téléphones au café d'en face, la panthère doit connaître le numéro, ou bien elle te file le bottin. Et puis elle n'a rien contre toi, regarde si elle s'est calmée, rassure-la... Dès que tu as le café, tu demandes à parler au monsieur en rouge qui attend tout seul à la terrasse, de la part d'il signore Brandeburg. On te le passe, tu parles en italien pour gagner du temps, du genre : ne quittez pas...

— Il appelle de loin, ce mec ?

— Non, en ce moment il est à Venise, mais ça fait rien, on en profitera pour sortir, dix secondes, ça ira.

— Ouais... D'habitude ces conneries-là tu me les fais faire sur le rail.

— O.K., tu fais ça ?

J'ai presque l'impression que ça l'amuse. Il va dire oui, mais comment va-t-il le dire ?

— Non. Non et non. À moins qu'on s'arrange. Ça se paye. Tu te charges de tous mes réveils avant Dijon pendant un mois.

— D'accord, mais pas celui de demain.

— O.K., j'y vais. Tu descends dans trois minutes. Tiens, t'auras besoin de ça.

Avant de sortir il me tend sa carte de couchettiste. Bien vu... Son marché est correct. De toute façon ce n'est pas trop cher payé, je démissionne demain matin.

— Levez-vous et arrêtez de faire le môme, c'est pas le moment. Je vais vous installer

180

ailleurs, dans un autre lit. Vous pourrez manger des sandwichs.

— J'ai faim, émet-il en dressant le nez hors des couvertures, je crois que j'ai un peu de fièvre...

— C'est grave ?

— Non, tant que je prends mon médicament et que je dors. Il paraît que mon corps livre une bataille terrible...

— Vous m'expliquerez ça plus tard. Debout !

Couloir. Richard a l'écouteur dans les mains.

— On est allé le chercher, dit-il, dès que je l'ai, vous démarrez.

La panthère nous regarde passer, et je ne sais même pas si ça la soulage. Aujourd'hui elle nous aura au moins épargné sa question favorite : « E bella Parigi ? »

Richard lève le bras. On fonce, tête baissée, et je dévale l'escalier par bonds de trois marches. Jean-Charles a du mal à suivre. On prend le virage, dehors, sans se retourner vers la terrasse. Notre tracé chaotique se poursuit sur cinquante mètres, juste de quoi arriver à la gare. Jean-Charles a bien pigé la manœuvre, dès que nous arrivons au bout de la rue il disparaît dans un angle pour reprendre son souffle.

— Je... Je paie chaque... chaque effort...

Pour la première fois, là, après ces dix secondes de fugue pour deux gosses et un lance-pierre, je réalise qu'en face de moi il y a un corps qui ne fonctionne plus très bien.

— Ben vous allez passer à la caisse dans deux minutes, on y est presque.

Le foyer des cheminots est à peine éclairé et le hall du dortoir est toujours aussi vide. À part le 223, il n'y a pas beaucoup de trains de nuit. C'est l'ambiance hôpital, murs blancs, lits blancs écaillés, broc d'eau. Les draps et couvertures pliés en carré ajoutent un côté caserne. À la réception, la même petite dame qu'avant, tricot à la main, à côté d'un seau qui sent l'eau de Javel. Je demande à Jean-Charles de s'asseoir dans un coin à l'écart.

— Couchettistes français ?

— Oui, nous sommes deux.

— Il y a longtemps que vous ne venez plus. Vous n'êtes plus au Milio ?

Parfait accent vénitien, un martèlement un peu plaintif, l'accent tonique toujours sur la dernière syllabe.

— Si, mais vous savez, on ne peut pas dormir avec tous ces touristes, c'est pas comme ici.

Elle fait un geste de la main pour dire qu'elle connaît le problème. Pour une fois je n'ai pas eu à mentir, j'ai connu pas mal de collègues et surtout des conducteurs qui n'arrivaient pas à dormir dans la ville et venaient prendre un piaule ici. Je lui tends les deux cartes, elle note les numéros de matricule, je paye les 12 000 lires et elle me demande si je prends le supplément douche. Non, merci. Chambres 4 et 6. Je range les deux cartes avant qu'elle ne soit curieuse de regarder les photos. Précaution inutile, je ne l'ai jamais vu le faire.

Je colle le dormeur sur le lit de la 4.

— Voilà la bouffe et le réveil. Il y a un broc et un robinet. À plus tard.

— Tout à l'heure... J'irai téléphoner à ma femme... Vous avez une petite pièce... ?

Je n'ai pas le temps de refuser et jette un peu de monnaie sur la table de chevet. Je sors sans écouter ce qu'il marmonne, sans même voir la gueule qu'il fait, s'il est fiévreux ou pas. Faut pas m'en demander trop.

— Où est-ce que je peux trouver une bonne petite pizzeria ? dis-je à la dame qui a lâché le tricot pour la serpillière.

— Une bonne ? Connais pas. Ne dépensez pas vos sous pour rien, allez manger à la cantine F.S.

Pourquoi ai-je demandé ça ? Pour justifier une sortie aussi rapide ? Il s'agit de ne pas se laisser avoir par la parano montante. En tout cas, je me souviendrai du tuyau de la cantine.

Dans la gare, je tombe nez à nez avec l'Orient-Express, fin prêt à recevoir ses couples de Ricains retraités. Le tapis rouge n'est pas encore installé. En me dressant sur la pointe des pieds je jette un œil dans les cabines, toutes en bois vernis, agrémentées de délicats rideaux en dentelle et de petits abat-jour qui diffusent une lumière rose. Le piano-bar. Le restaurant. D'autres cabines. Dans une je vois un jeune homme nettoyer une vitre avec une certaine vigueur dans le poignet.

— Vous parlez français? je demande, en levant la tête.

— Je suis français.

— Je suis couchettiste W.L., et je voulais juste savoir si ça valait le coup de bosser sur un train de luxe.

— Question fric?

— Ouais, entre autres, question boulot, question public, question ambiance...

— Galère. Reste où t'es, va. Ici, galère. Des paquets de cons avec des étiquettes et des chapeaux. À un bâton le voyage, y refusent d'aller se pieuter, tu vois... Y'aurait pas du boulot, chez toi?

— Ouais... une place qui va se libérer d'ici demain. Téléphone aux Wagons-lits, avec l'Orient-Express dans ton C.V. t'as des chances. Mais sinon, question... Image d'Épinal?

J'ai cru qu'il me ferait répéter.

— Bof... Y'en a toujours un moins branque que les autres qui demande à visiter la cabine d'Hercule Poirot. C'est le même qui court après les espionnes russes et qui fait chier le pianiste jusqu'à deux heures du mat'. J'te le dis, reste couchettiste, ici il se passe jamais rien.

— Salut.

— Salut.

Avant de sortir de la gare je vois toute une enfilade de cabines téléphoniques près du kiosque à journaux. Le dormeur m'a furieusement donné envie de passer un coup de fil. À quelqu'un qui me viendrait en aide. À Katia ? Ce serait la première fois en deux ans. En fait, l'idée d'appeler Paris me trotte dans la tête depuis ce matin. Le combiné est déjà pendu dans ma main. Je dois essayer, au moins. On verra bien ce que ça peut donner. Mais si je demande un P.C.V., de l'autre côté, on risque de me raccrocher au pif. Et je n'ai plus de monnaie. Et je me demande si c'est vraiment une bonne idée.

Je raccroche.

Le nez dans mes pompes et la peur au ventre, je retourne à l'hôtel sans oser regarder vers la terrasse du café. Je n'ai pas quitté des yeux le dessin en quinconce des pavés de la Lista di Spagna. Est-il toujours à son poste d'observation, avec désormais l'intime conviction de s'être fait avoir par un p'tit malin qui ne l'emportera pas au paradis ? On se reverra à bord, lui ou un autre. Je parie plutôt sur un autre. Il faut que je raconte tout à Richard. Tout, tout, tout. Il me dira peut-être si je fais une connerie ou pas.

La panthère est toujours rivée à son bureau et semble avoir recouvré ses esprits. Il n'y a pas eu de nouvelle catastrophe depuis mon échappée.

— S'il vous plaît... Vous avez vu mon copain Richard ?

— Il est parti chez le teinturier, il n'a pas

laissé de message. Mais, dites, votre ami de Paris, il n'avait pas de bagages?

J'appréhende le pire...

— Non...

— Il ne revient pas, n'est-ce pas? On peut louer la chambre...

Ouf... J'attendais autre chose.

— Mais bien sûr, allez-y! je dis, souriant.

— Tant mieux. Mais... il n'a pas payé, avant de partir...

Sans répondre je sors mon rouleau et défais l'élastique. Ma nana peut faire une croix sur son cadeau.

Dodo, Antoine? Ou qui-vive jusqu'à 18 h 55? 17 h 55, même, puisque je dois prendre mon service au pied de la voiture une heure avant le départ. Richard vient d'échapper à une bonne séance d'hémorragie verbale. Il m'aurait sans doute traité de fou. Si tout se passe comme je l'imagine, le retour risque de se dérouler dans un calme relatif. Je vais faire tout ce qu'il faut pour. J'ai appris des trucs, cette nuit.

J'ai le temps de faire une petite sieste, avant.

*

Enfoirés... Enfoirés de schpountz bavards au rire gras... Enfoiré de couloir, enfoirée de pluie qui cliquette sur les vitres. Enfoiré de Richard qui s'affale sur le matelas. Et ma chambre 6, vide, dans le dortoir...

— Enfoirés... !

— Tu parles en dormant, toi ?

— Comment tu veux dormir avec un car d'Allemands qui déboule ?

— C'est bien fait pour toi. Ils se vengent. Combien de fois t'as tétanisé des compartiments entiers de Teutons en hurlant « Papir, shnell ! ».

— C'était marrant, non ? Tu trouves pas ça tentant, toi ?

— Tu sais ce que j'en pense. Moi, les clients ne m'ont jamais dérangé. Toi, on a toujours l'impression que tu veux leur faire payer quelque chose.

Sa lampe de chevet est allumée, il lit un bouquin, une fesse posée sur le rebord du lit. À côté de lui, sur un cintre, un rectiligne pli de pantalon se dresse à l'aplomb.

— Ton guetteur s'est cassé.

— Hein ?

— Le type en face, à la terrasse, il n'était plus là quand je suis remonté.

— Qu'est-ce que tu lui as dit, au téléphone ?

— Rien, j'ai un peu bidouillé la ligne en faisant tourner le cadran et ça a raccroché. La panthère n'a pas osé me demander pourquoi je faisais une blague au café d'en face.

— Il est quelle heure ?

— Cinq heures.

D'un bond je saute du lit.

— Te frappes pas, on a encore une plombe !

— Pas moi, j'ai un truc à faire avant d'aller à quai.

Je remets mes chaussures, enfourne mes affaires dans le sac et me rue sur la porte sous l'œil sceptique du collègue.

— Si tu consens, dès que tu peux, à me dire ce qui se passe...

— Pas maintenant. On se rejoint au train, à moins cinq ?

Je prends tout de même le temps de l'embrasser sur le front.

Il pleut sur la Lista di Spagna. Le canal crépite et ondule sous le sillon d'un vaporetto qui accoste. « Reverrai-je Venise ? » Ce sont les derniers mots de Casanova, perdu au fond de sa bibliothèque autrichienne, dans le film de Fellini. Reverrai-je Venise ? Pas avant longtemps, je crois. Cette année je ne serai pas là pour le Carnaval. Ni pour la Biennale. La sédentarité se paye aussi.

— Vous n'avez pas beaucoup dormi... Vous êtes jeune ! dit-elle.

Le parquet du dortoir est nickel, j'ai honte de le saloper avec mes semelles trempées. Elle ne grinche même pas.

Je cogne doucement à la porte 6 et on m'invite à entrer.

— Vous êtes debout ? dis-je, étonné.

— Faut quand même pas exagérer, je ne suis pas complètement invalide !

S'il a la force de jouer les indignés, c'est bon signe. D'ailleurs il a le visage reposé, presque frais.

— Bravo pour... pour cet endroit ! J'ai mieux dormi que dans mon propre lit. Ça m'a un peu rappelé Cochin au début, mais j'ai parfaitement récupéré ! J'ai parlé à ma femme, elle m'attend, je suis en pleine forme ! Je vais tout lui raconter !

— Bon sang ne saurait mentir.

L'ambiance tombe. J'ai voulu marquer le coup. Un peu sèchement, peut-être. Il s'aperçoit qu'il est un peu trop à l'aise, un peu trop détendu. J'ai lu dans un regard furtif qu'il a pensé : « Ne pas oublier que la situation est grave, ne pas exagérer », puis en regardant le carrelage, il m'a demandé si je m'étais reposé et ce que je comptais faire. Ça ne sonne pas encore très juste.

— Remettez vos chaussures, on part tout de suite.

— Où ? demande-t-il, les yeux toujours rivés à terre.

— Là où vous ne retournerez sans doute jamais. Dans une jungle de métal, touffue, rutilante et rouillée, où les fauves dorment encore, avant leur croisade de la nuit.

La proposition l'effraie un peu, il lève la tête.

— C'est un peu... obscur.

— Non, c'est tout au plus une gare de triage.

*

— Écoutez... j'en peux plus... att.. attendez que je reprenne mon souffle... Ça sert à quoi d'aller au pas de course dans... dans tout ce bor-

189

del! Ça sert à quoi de... de jouer à saute-mouton par-dessus les wagons...

La langue pendante, il s'assoit sur un rail, les bras en croix, une main accrochée à l'essieu d'une vieille carcasse qui n'a pas roulé depuis des lustres. Je n'y peux rien. Le 222 dort quelque part, dans un recoin perdu de la gare de triage, au milieu de dizaines d'autres trains qu'on bricole ou qu'on oublie, au milieu d'un capharnaüm de tôle, sans aucune organisation logique. Le flambant neuf côtoie l'archaïque, les containers jouxtent les BC 9, les réfrigérés narguent les postaux. Je suis bien obligé de grimper au hasard, jeter un coup d'œil d'en haut pour repérer le nôtre et redescendre, encore et encore, au grand dam de mon dormeur.

— Je ne sais pas où ils le mettent, ça change tout le temps. Il n'y a pas d'organigramme, c'est l'anarchie, le foutoir. Je vous avais bien dit que c'était la jungle.

Il reprend progressivement son souffle.

— Et tout ça pourquoi? me demande-t-il en haussant les épaules.

— Ils étaient là à l'arrivée, ils seront là au départ, aucun doute là-dessus. Mais cette fois-ci ils vont y regarder à deux fois, ils vont filtrer la moindre montée dans ma voiture, et peut-être même dans toutes les voitures. Vous tenez à le reprendre, ce putain de train, oui ou non?

Il quitte son petit air renfrogné. Il n'a pas vraiment intérêt à m'exaspérer totalement.

— ... Oui... je veux bien...

190

— Alors faites ce que je dis, le seul moyen c'est de vous planquer quelque part dans ma voiture avant même que le train n'arrive en gare.

Je grimpe sur le marchepied de la vieille bécane et jette un œil panoramique au-dessus des blocs de métal. Deux voies plus loin je repère une enfilade de voitures blanches et orange. C'est peut-être le bon.

— Levez-vous, c'est presque fini, on va couper ce vieux machin gris, en face, et juste derrière c'est le nôtre.

Il me suit sans broncher. Je dois forcer sur la clé carrée pour ouvrir les portières du vieux machin gris qui naguère était un Venise-Rome. Jean-Charles pousse un soupir en reconnaissant le 222. Il n'est pas au bout de ses peines. Il monte le premier dans la 96.

— Alors, je m'installe où ? Une couchette ? Ou bien dans un coin de votre cabine ?

Il est presque enthousiaste. Quand je vais lui montrer l'endroit auquel je pense, son demi-sourire va tomber.

— Impossible, il y a trop de passage dans les compartiments, et ma cabine est devenue un endroit passablement suspect. Je suis désolé... Suivez-moi.

Sur la plate-forme opposée à ma cabine, il y a une sorte d'armoire électrique où l'on range le carnet de bord où sont consignés tous les disfonctionnements techniques de la voiture. Impossible de placer ne serait-ce qu'une bouteille de chianti là-dedans. En revanche, au-dessus, dans une espèce de placard pas plus grand qu'une malle, on peut peut-être encastrer un corps humain, adulte, et souple.

— Vous... n'allez tout de même pas...

— Non, je ne vais pas, dis-je. C'est vous qui allez. Choisissez... C'est ça ou vous restez à Venise.

— Mais c'est quoi, ce débarras ?!

— À vrai dire je n'y mets jamais le nez, c'est l'électricien qui s'en sert, je ne peux pas vous en dire plus. Mais c'est le seul endroit que je connaisse. Vous n'y resterez qu'une heure ou deux, au maximum. Dès le départ du train je viendrai vous délivrer. Allez, je vous fais la courte échelle.

Après une légère hésitation, il a posé le pied sur mes doigts croisés. En se hissant, son genou a cogné contre ma tempe.

*

17 h 45, hall de la gare. Je ne suis jamais arrivé aussi tôt. Un léger bordel ambiant commence à monter, haut-parleurs inaudibles, tableaux d'affichage qui s'emballent et chariots de service qui klaxonnent les voyageurs agglutinés en tête de quai. Je suis déjà passé au bureau des Wagons-lits pour prendre nos schémas, et les pronostics sont en ma faveur. Les voitures sont louées dans l'ordre, la 94 d'Éric est pleine, celle de Richard aussi et ce piège à con

de 96 n'a que vingt-trois voyageurs, tous au départ de Venise, hormis deux qui montent à Milan. Apparemment ils descendent tous à Paris mais, depuis hier, ça ne veut plus dire grand-chose, et ce serait de toute façon un miracle si j'arrivais à dormir cette nuit. J'ai deux compartiments libres, il ne m'en fallait pas plus, un pour le dormeur et l'autre pour mes boucliers, les assermentés de service. Le seul inconvénient, c'est que je vais me faire assaillir par les «payants» à Milan, les contrôleurs vont rabattre tous les perdus dans la 96 et je prévois déjà une bonne heure à guichet ouvert pour tous ceux qui viendront me soutirer une couchette. Le remplissage peut jouer en ma faveur. Je ne sais pas encore. Je donnerais bien cette putain de 96 piégée à qui en voudrait.

J'ai le temps de prendre un café au buffet, juste en face du quai 17. Du comptoir, je peux voir notre rame arriver. Ça ne tarde pas, je lèche le fond de la tasse, le 222 déboule et, peut-être à cause du petit noir, mon cœur s'emballe fort. J'allume une clope, vide mes poches de leurs dernières lires sur le comptoir et sors.

Il n'y a rien de plus ponctuel qu'un petit accès de tachycardie... Ça fait kataklan au-dedans, ça pulse, ça jugule, ça myocardise sans qu'on puisse intervenir. Éric traverse le hall, bras dessus bras dessous avec sa fiancée.

Rosanna aussi m'accompagne, le soir, à Termini. Mon petit nuage romain...

Tous les maris volages nous envieraient cette

facilité. Une journée par semaine avec une maî-
tresse, en territoire étranger, à mille cinq cents
kilomètres de sa propre vie. Une double vie,
deux idylles, aussi parallèles que des rails. On
peut s'afficher à n'importe quelle terrasse et dire
bonjour aux voisins de palier. Aucun recoupe-
ment possible. Je quitte Katia le soir et le lendemain matin Rosanna m'accueille avec un
petit déjeuner, un bain parfumé, un lit encore
chaud. Je lui apporte ce qu'elle m'a demandé la
fois précédente, une bricole, un livre, un parfum. Nous passons la journée couchés, on cha-
hute, on raconte des bêtises. C'est charmant...
Sur le coup de 17 heures je remets ma cravate,
elle vérifie ma tenue avec de petites remon-
trances, elle me prend dans ses bras pour me
retenir encore un peu. Et là je sens la petite
déchirure. Elle n'ose rien me dire, elle sait que
Katia existe, elle sourit en parlant de son «petit
soupir parisien», soupir dans le sens solfège, elle
précise. Elle note sur son agenda la date de mon
prochain Rome. En fait, le seul rapprochement
possible avec un adultère classique, c'est la
redoutable question de la nuit. Rosanna ne me
demande jamais rien mais parfois elle évoque le
bonheur d'un dîner en ville, une sortie au
théâtre, et finir avec une coupe de champagne
vers minuit. Elle trouve ça terriblement parisien. Les gens ont de drôles de clichés. Je lui dis
que ce n'est pas possible avant le mois de juin,
parce qu'en été nous faisons un train supplé-
mentaire, le «Naples-Express», qui nous oblige

à stationner vingt-quatre heures à Rome. Elle soupire. Sur le quai je suis encore avec elle, dans sa chaleur. Je grimpe dans ma voiture et j'oublie, jusqu'à la prochaine fois. Et il n'y aura sûrement plus de prochaine fois.

— Éric! J'ai ton schéma! je hurle.

Il se jette dessus sans me dire bonjour et pousse un «ah merde» des plus prévisibles. Il déteste être complet, comme moi.

— On peut s'arranger, je dis. Excuse-moi pour hier, tu sais, j'ai regretté de ne pas avoir pris ton Florence. On fait pas ça aux potes... Je te propose un truc, dans la 96 j'en ai que vingt-trois... Tu la prends, tu fais un petit retour peinard et je m'occupe de la tienne, O.K.?

Surprise. Ombre du doute sur son visage. Incrédulité.

— ... C'est pour te racheter que tu me la proposes? Ben c'est pas la peine, garde-la ta bagnole, hier tu l'as voulue, tu te la gardes...

Qu'est-ce qui m'a pris...? Une idée comme une autre... Fugace, pas claire... Ratée... Tant pis. Les martèlements du cœur me résonnent jusque dans la tête. Je viens de vivre une seconde d'intimité totale avec toute la noirceur de mon âme.

Une vague de voyageurs déferle sur le 17 et j'essaie de la doubler pour filtrer les clients avant qu'ils ne grimpent. Mésange est déjà à son poste, en képi, et me salue.

— Passe me voir, gamin, si c'est calme.

— Sûr ! Je passe sûr. Surtout si c'est pas calme.

Il rigole sans vraiment comprendre. Sans vraiment savoir qu'il fait déjà partie de mes plans. Dans la 96, avant toute chose je verrouille les soufflets à chaque extrémité ainsi que la portière du fond et me plante au bas de l'autre, près de ma cabine. Tout individu voulant grimper devra fatalement passer par moi. Richard arrive sans se grouiller et me demande son schéma.

— T'es plein.

— Tant mieux, je t'enverrai les payants. Et qu'est-ce que t'as fais du...

Je l'interromps en grognant. Je préfère qu'il la boucle. Il rigole, doucement, et rejoint sa voiture en secouant son poing, pouce en bas, façon César.

La nuit commence à tomber, je veux monter une petite seconde pour poser mon sac mais je n'en ai pas le temps. Deux silhouettes surgissent de chaque côté d'un des hauts blocs de marbre noir où sont taillés les bancs et se précipitent à chaque portière de la voiture. J'hérite de celui qui a l'anorak rouge. Mon dos s'est plaqué contre la tôle. Sans me parler il inspecte des yeux le contenu des compartiments. Dans la pénombre il ne voit pas grand-chose et colle son front contre chaque vitre. Ils échangent deux ou trois mots que je n'entends pas, son acolyte parvient à grimper par la portière de la 95 mais se heurte aux soufflets bloqués. L'anorak rouge me sourit presque, en constatant que les compartiments sont entièrement vides, et s'adosse au bloc de marbre en croisant les bras, l'air de dire : « J'ai tout mon temps. »

— Carrozza 96 ?

Oui, dis-je. Ils sont trois, deux filles et un garçon, des étudiants couverts de laine et de sacs en bandoulière. J'étudie leur réservation avec un zèle que je ne me connaissais pas. Les deux « collaborateurs » semblent savoir exactement ce qu'ils font, sans panique ni anxiété. Richard revient vers moi et pas trop fort me dit qu'un type est posté à contre-voie et regarde à l'intérieur de la voiture, cabine par cabine. Ça ne m'étonne qu'à moitié, ils ont bien fini par comprendre. Je suis assez intrigué par le nombre de collaborateurs dans la troupe Brandebourg. Cinq, quinze, quinze mille ? Autant qu'il en faudra, je suppose. Bonne organisation. Je ne sais pas quoi opposer à ça, une bonne connaissance du rail ? Un certain talent d'improvisation, égrené au fil de mes voyages par le flot quotidien de situations absurdes ? Pourquoi pas... La lutte contre le tout <u>à l'avenant bordélique</u> est devenue une seconde nature.

18 h 30. Je m'assois quelques instants sur le marchepied, les réverbères viennent de s'allumer dans toute la gare. Les collaborateurs sont toujours là, ils scrutent mieux encore que moi les voyageurs qui montent. Toujours pas de Latour. Ils doivent commencer à penser que je leur ai encore joué un de mes petits tours de

197

passe-passe. Aucun des deux n'est venu me parler, ils préfèrent attendre le départ pour me cracher leurs menaces à la gueule. Je vois au loin les deux contrôleurs s'arrêter devant chaque voiture, ils passent nous demander le nombre de voyageurs prévus afin de faire une première estimation. Obséquieux, je donne mon chiffre en leur proposant un compartiment vide s'ils veulent faire leurs calculs peinards. Ils acceptent avec joie, un peu étonnés de la sollicitude d'un couchettiste à leur égard. Il faut avouer qu'en général on se débrouille pour les jeter au plus vite de nos bagnoles. L'un des deux va s'y installer pendant que l'autre s'éloigne vers les dernières voitures. Avec eux, je suis tranquille jusqu'à Milan, minimun. De deux maux...

Le collaborateur en anorak sourit déjà moins. Il doit me prendre pour un dingue ou un faux cul, ce en quoi il n'a pas tout à fait tort. Je fais avec ce que j'ai.

18 h 50, le haut-parleur annonce le départ. J'ai pointé dix-huit voyageurs, il en manque trois. C'est le quota normal de «non-présentés», comme dit le manuel. Ils peuvent tout à fait monter à Mestre, ça arrive souvent. Les contrôleurs arpentent une dernière fois le quai avant de siffler le départ. Un vent froid vient nous balayer les cheveux, au collaborateur et à moi.

Je n'ai même pas eu le temps de voir si le contrôleur arrivait. Une poussée, un coup métallique s'est encastré dans mon dos, entre les reins, et je suis tombé à terre sous l'impact.

198

Un type, un nouveau, est descendu du marchepied...

Le troisième salopard... celui que Richard avait repéré. J'ai vu qu'il rangeait dans sa poche un poing américain...

Je ne sais pas comment il a fait pour monter, un des contrôleurs à dû débloquer un soufflet.

Malgré la douleur je me force à me relever et tâtonne d'une main malhabile, là où j'ai reçu le coup. Je serre les dents en voyant deux perles de sang au bout de mes doigts.

Je ne cherche pas vraiment à fuir quand ils m'entourent, tous les trois.

— Où tu l'as fourréééé ? crie l'un.

— Vous... Vous l'a... l'avez vu monter... ? j'essaie d'ânonner, entre deux contractions de douleur.

— Fais pas le malin, toi, tu t'es déjà foutu de ma gueule cet après-midi... Deux fois c'est trop, t'as compris ?

Coup de sifflet, les portières se claquent l'une après l'autre, sauf la mienne.

— Vous cherchez une place ou quoi ? demande-t-on, pas loin, en italien.

Un F.S.

— Mais j'en ai... de la... place !

Le trio se desserre autour de moi, le contrôleur me regarde en paniquant. Après un insupportable tiraillement dans le dos j'essaie de me redresser complètement. Je dois ravaler la douleur, sinon ça va faire des histoires.

— Qu'est-ce qui se passe ? Des problèmes... ? il demande.

— Non... non... J'ai glissé sur... sur le marchepied, dis-je en me passant la main dans le dos.

— Alors, vous faites quoi, vous trois ? demande-t-il aux autres.

Un court instant, j'ai eu peur qu'ils ne me sortent de leur chapeau trois réservations pour ma voiture. Mes «non-présentés».

Ils ne regardent que moi et se contrefichent de ce que peut dire le contrôleur.

— On avait pas l'intention de monter. On voulait juste te souhaiter bonne route.

Au moment même où le train s'anime, l'anorak rouge a ramené ses copains à ses flancs. Tel un cerbère, les trois têtes ont aboyé en chœur.

— Bonne route ! ! !

*

Je m'allonge sur le ventre, un instant, sur ma banquette, en essayant de faire onduler ma colonne vertébrale.

Un bélier. C'est une bête dans ce genre-là que j'ai reçue dans le dos. Un coup de boutoir, net, un choc presque parfait. L'alcool à 90°, après ça, me fait l'effet d'une caresse. Il me faut du temps avant de redevenir flexible. Et je ne peux pas attendre trop, il faut que je bosse, sinon je vais être en retard sur mon plan. Je sais bien que le dormeur est cassé en deux dans un piège à rat... Et je ne peux pas l'en déloger tout de suite.

200

Le seul moyen d'avoir l'esprit libre durant ce voyage est de faire très vite et très bien mon boulot de couchettiste. À Mestre j'ai réceptionné deux non-présentés. J'ai commencé par clopiner dans le couloir, doucement. Mais en quittant Mestre, brusquement, j'ai retrouvé un peu de souplesse. Un quart d'heure après, les vingt billets et les vingt passeports sont déjà empilés dans mon tiroir, poinçonnés et ordonnés. J'ai cueilli à froid un contrôleur en l'obligeant à perforer, sans échauffement du poignet, ma collecte, ce qui m'a valu le délicat surnom de «lampo», l'éclair. Il n'a pas vu l'état de mon dos.

Je suis assez content d'avoir joué l'hospitalité avec les monomaniaques du confetti, si les Suisses et les Français ne me la refusent pas, tout risque d'extrêmement bien se passer. Je leur apporte les billets à domicile, ce qui m'évite de les voir traîner dans ma cabine et dans les couloirs, en les gardant néanmoins à portée de main, ou de voix. Bon coup.

Ce n'est pas le moment de faiblir, quand j'aurai distribué le couchage je pourrai faire un break chez Mésange. Je crois qu'il est temps de délivrer le dormeur. Il doit avoir les reins dans le même état que les miens. J'attends une seconde que la plate-forme soit vide.

Il sort la tête, pousse un cri étouffé et se contortionne avec une incroyable lenteur afin de dérouler ses jambes jusqu'au sol. Je le retiens par la ceinture.

201

— Ça va ?

Il halète à grand-peine. Il n'a pas pu s'empêcher de transpirer. Jamais vu un mec résister
aussi peu à l'atmosphère confinée.

— Vous êtes déjà défraîchi, vingt minutes
après le départ ?

— C'est rien... ça va, dit-il en se massant le
dos.

— Je suis désolé... Je me suis creusé la tête,
mais il n'y a vraiment pas d'autre endroit.
C'était le seul moyen pour remonter dans le 222
sans que personne ne vous voie. La preuve, ils
étaient trois à fouiner, tout à l'heure. Ils n'ont
pas pu se douter que vous étiez déjà dans le
train quand la rame est arrivée à quai.

Je ne lui dis pas que cette joyeuse bande de
collaborateurs n'a aucun doute sur sa présence
ici et qu'elle m'a rossé l'échine.

— Asseyez-vous dans le 1, je dois m'occuper
des draps.

Je jette des sacs et des oreillers sans les compter dans chaque compartiment. La distribution
terminée, je lui demande de se tenir tranquille
pendant un petit quart d'heure, le temps d'aller
chez Mésange.

— Ne me laissez pas tout seul, Antoine...

Je n'aime pas son ton suppliant. J'ai l'impression qu'il est de plus en plus vulnérable. À la
merci de n'importe quel individu décidé à
l'empoigner par le col.

— Je fais vite.

Un coup de cadenas et je passe prévenir le

contrôleur d'une petite escapade chez le collègue de la 89. Il s'en contrefout royalement. À toute vitesse je traverse les voitures de Richard et Éric qui n'en sont qu'à la cueillette des passeports. Mésange aussi, et la récolte est entassée dans son képi. Un gros képi pour sa grosse tête.

— Qu'est-ce que tu fous là, gamin !

— Bah... tu m'as invité !

— D'habitude tu viens pour le digestif et là t'arrives deux plombes avant l'apéro. T'as une voiture vide ?

— Non, j'ai du monde. Pas trop. Je ne suis pas venu picoler, j'ai besoin de toi.

— Ben, tu peux te casser tout de suite. J'ai déjà trop de betteraviers.

— Justement, t'es plein ?

— Ouais, sauf une cabine jusqu'à Domo.

Domo, 23 h 35... Pourquoi pas ? Le tout, c'est de lui demander, à l'hydrocéphale. Il faut chauffer de l'eau avec un thermo-plongeur, une grosse résistance qu'on plonge dans un broc plein.

— Des cafés, avant de bouffer... Les clients savent plus vivre... À l'époque j'aurais refusé de servir un café à cette heure-ci.

— J'ai un clando.

Il s'arrête net de bougonner.

— Jusqu'où ?

— Paris.

— Crétin, tu veux perdre ton boulot ou quoi ?

203

— Je démissionne demain matin, c'est toi-
même qui m'as encouragé. Et puis même, c'est
une histoire spéciale, je fais pas ça pour du fric.

— C'est ta fiancée?

Drôle de question. Je ne sais pas quoi
répondre. Un couple de betteraviers vient lui
demander une bouteille de blanc, «de l'entre-
deux-mers». Mésange regarde dans sa cave, il
en reste une. «Dans la cabine», précise le mec,
«bien frais», dit la fille en panama blanc.
«J'arrive tout de suite», fait le vieux. Je me souviens de l'avoir vu une nuit d'hiver, à quatre
pattes sur le quai de Modane, remplissant un
seau à glace avec de la neige. Les conduites
d'eau avaient pété à cause du froid et plus
moyen de servir un champagne frappé. Cette
nuit-là j'ai compris que jamais je ne deviendrais
conducteur, malgré les promesses de La Pliure.

Un monsieur chauve et très poli choisit juste
ce moment pour demander à Mésange de lui
servir un cognac dans un grand verre, si possible. Là, le vieux marque un temps d'arrêt. Il
a de l'abus.

— Monsieur, si j'avais quatre bras je ne serais
pas aux Wagons-lits, je serais chez Barnum!

Petit silence tendu. Le type s'en va.

— Betteravier... Et toi tu t'y mets aussi.
Qu'est-ce que tu veux?

— Tu me crois si tu veux, O.K.? Si t'es pas
d'accord tu me le dis tout de suite, O.K.?

— Hé gamin, t'emploies pas la meilleure

méthode pour me demander quelque chose. Accouche, on verra.

Je vais être obligé de mentir. Je ne sais pas faire autrement. Et je raconte des craques à des *liè* gens que j'aime bien, et je ne peux pas m'en empêcher, et c'est comme ça.

— C'est un ami à moi. Il va crever bientôt. Maladie... Il m'a demandé de voir Venise, avant. *certi* Il a pas un rond. Je voudrais lui faire connaître encore un truc, avant. Un petit bout de voyage dans une cabine en velours. C'est une connerie, je sais, mais ça fait partie des rêves tenaces. Tu sais ça mieux que moi... Il aurait jamais pu se le payer.

Ça passe ou ça casse. J'ai presque envie de fermer les yeux en attendant le verdict. Le sang et la honte me montent aux joues, comme devant Éric, tout à l'heure. Et je me demande sincèrement si je n'ai pas l'étoffe d'une belle ordure.

— Je le vire à Domo.

— ...

Je ne sais pas quoi dire. Mésange n'est pas content, on dirait même qu'il a l'air déçu. Ce n'est plus du tout la tête du vieux sage bourru et adorable. Il a le visage blanc. De mépris.

— Je... je te l'envoie... ?

— Casse-toi.

Je ne me le fais pas dire deux fois. Et pourtant, j'aurais préféré qu'il refuse et qu'il garde un bon souvenir de moi, quand j'aurai quitté la boîte. Un jour il m'a dit qu'il avait un fils de mon âge et qu'il lui avait interdit de travailler aux Wagons-lits, des fois qu'il y prenne goût. Depuis il ne sait plus où le caser, rien ne l'intéresse, à part un peu d'informatique, et encore. Et ça l'emmerde d'avoir un gosse qui fait de l'informatique. Alors, faudrait savoir...

L'autre contrôleur me voit sillonner la voiture d'Éric et lance un «Lampo furioso!». Ça ne fait pas rire Éric. Dans la 96, rien de neuf, les étudiants sont dans le couloir. Le dormeur est toujours dans le 1.

— Sortez. Vous allez dans la voiture 89, là vous verrez un steward en complet marron, avec une grosse tête, il va vous installer dans une de ses cabines jusqu'à la frontière italienne. Je viendrai vous chercher un peu avant.

— Mais... j'y vais tout seul?

— Essayez. Il suffit de ne pas se glisser entre les plaques des soufflets, pendant sept voitures. À tout à l'heure.

Je jette un coup d'œil dehors avant qu'il ne sorte. Les étudiants ont déjà entamé le casse-croûte, dans le couloir, face à un paysage ténébreux constellé de points rouges qui clignotent au loin. Jean-Charles hésite un peu, me regarde piteusement et s'engouffre à contrecœur dans la 95.

Libre. Jusqu'à onze heures ce soir. Un relent de normalité me clarifie l'esprit, les gestes habituels me reviennent, je pense à Paris et à la première chose que je ferai demain après ma démission. Emmener Katia en week-end. Pour

206

lui annoncer en douceur la nouvelle de son retour au charbon, parce qu'il ne faut plus compter sur moi pour ramener de la denrée nourricière à la baraque avant un temps indéterminé. À la limite, une sortie au théâtre ferait l'affaire. On verra.

J'ai du temps devant moi, beaucoup. Toute la journée j'ai essayé d'imaginer des scénarios possibles sur les manœuvres de Brandeburg pour récupérer son cobaye. Parce qu'il le veut toujours autant, quitte à employer d'autres appâts et d'autres menaces et sa seule chance est de le coincer avant Vallorbe. Je dois me méfier des passeports suisses, des accents vallonnés et des montées intempestives après Domo. Assis sur mon fauteuil je pose le bloc de passeports sur mes genoux et commence à les éplucher un par un.

Aucun Suisse, pas mal d'Italiens, deux jeunes Ricains, quelques Français dont un médecin, et ça c'est toujours une bonne chose. J'aime bien avoir un médecin de service, c'est beaucoup plus utile qu'un curé. Certaines nuits j'aurais donné beaucoup pour en avoir un, rien que pour faire des diagnostics à ma place. La seule fois où j'ai eu une femme enceinte elle a tourné de l'œil et j'ai failli en faire autant.

Je ne suis pas plus avancé, au contraire. Je perds mon temps en spéculations stupides, au lieu de dormir jusqu'à Milan. Juste m'assoupir, un tout petit peu. Personne n'en saura rien.

*

Tout le monde s'en est douté. Un peu inter-
loqués de me voir bâiller en me frottant les
yeux, les fâcheux se sont tous excusés. Les
collègues m'ont refourgué leur trop-plein,
les contrôleurs m'ont gentiment imposé des
payants que j'ai scrutés d'un œil vaseux avant de
leur vendre une place. J'ai tout de même réussi
à préserver mes deux compartiments libres.
Cinq arrêts en deux heures trente, il me semble
en avoir loupé un, Vérone peut-être, et c'est bon
signe. Il est 21 h 50 et nous arrivons à Milan, j'ai
intérêt à être clair, je dois réceptionner deux
réservations. Le train traverse toute une Z.U.P.
qui, de nuit, ressemble à l'idée que je me fais de
Las Vegas, des néons qui clignotent, des buil-
dings, avec en plus, des terrains de tennis éclairés, même en hiver, et une forêt de cheminées
géantes.

— Hé Antoine... C'est à toi d'y aller, ce soir !

Richard est entré comme une flèche, tout sourire, juste quand le train s'est arrêté en gare.

— Mais où ?

— Ben... à la trattoria, crétin.

Ah... merde... Ça aussi, j'avais oublié. À
Milan, pendant la manœuvre d'accrochage des
deux rames, l'un de nous fonce dans un petit restau situé à trois cents mètres de la gare et revient
avec des pizzas chaudes et du vin frais. La der-

nière fois, déjà, j'ai prétexté un truc pour ne pas y aller.

— Excuse-moi, dis-je, je ne peux pas bouger, j'ai deux clients qui montent, et j'ai pas très faim.

— Et merde! Ça fait deux semaines de suite que je m'y colle!

Une poignée d'individus se bouscule pour grimper dans ma voiture. Avant qu'ils ne s'accrochent à la barre, je crie que seuls les voyageurs munis d'une réservation peuvent monter, les autres n'ont qu'à chercher sur la rame Florence. Une jeune femme brandit un petit carton blanc, je l'aide à monter, les autres se plaignent, je claque la portière.

— Place 14, vous êtes dans le 1, il y a déjà deux personnes. Donnez-moi billet et passeport, remplissez la feuille de douane et ramenez-la, si je ne suis pas là, glissez-la sous la porte, et bonne nuit.

Richard me marche sur le pied et fait une grimace incompréhensible. La fille repart dans le couloir.

— T'es dingue ou quoi? T'as vu ce canon? Tu crois qu'elle arriverait chez moi, celle-là? Eh ben non, c'est le plus agressif et le plus malpoli de nous tous qui en hérite! T'as pas vu ses jambes!

Je n'ai même pas vu son visage, c'est dire si elle m'a ému. Richard a raison sur ce point, je suis le seul couchettiste du monde à pouvoir parler à un voyageur sans savoir s'il est mâle ou femelle.

— Écoute... Antoine, déconne pas, tu me dois bien ça, enfoiré. Fais quelque chose. Où t'es plus mon pote et tu pourras toujours t'accrocher pour avoir un coup de main... C'est pas du chantage, c'est juste une menace. Et je veux bien aller chercher à bouffer mais tu te débrouilles pour l'inviter.

— Éric ne vient pas ?

— Éric n'a pas envie de t'approcher à moins de deux bagnoles. Allez... Engage la conversation, invite-la. Fais ça pour moi...

Je n'ai ni l'envie ni la force de m'occuper de ce genre de conneries. Les intrigues avec les filles, c'est fini depuis longtemps. En plus il sait bien que je suis dans la panade, avec l'histoire de Jean-Charles, il m'a vu angoisser et inventer des trucs grotesques.

Oui. Mais... Je ne vois pas comment je pourrais lui refuser quelque chose, même un caprice, même à un moment aussi inopportun, même si j'ai d'autres choses en tête. Et puis c'est une histoire d'un quart d'heure, elle bouffe avec nous et ils se tirent, ensemble, si ça leur chante.

— J'essaie... Je dis bien : j'essaie. Si elle refuse, tu ne me fais pas une comédie.

— Juré ! crie-t-il en m'embrassant sur la joue. Tu peux me demander n'importe quoi, Antoine. N'importe quoi !

— Ça c'est une phrase qu'on regrette toujours. On s'installe dans le 10. Et magne-toi, t'as

210

déjà perdu trois bonnes minutes. Imagine qu'il y ait la queue dans la trattoria, qu'on reparte sans toi, qu'est-ce que je fais de cette gonzesse ? J'aurais l'air fin avec mon invitation à dîner.

Le second voyageur attendu arrive par les soufflets et me tend sa réservation. Un homme d'une cinquantaine d'années, poli, belle gueule, et qui semble habitué à la procédure. Sans rien dire, il me donne son passeport avec le billet à l'intérieur, remplit son formulaire sur un coin de fenêtre et rejoint la place 22 sans demander où elle se trouve. Passeport français, profession : réalisateur. Encore un qui n'est pas dans le Larousse.

Les nouveaux contrôleurs viennent me dire bonsoir et me demandent le nombre. Deux montées à Milan, six payants, un non-présenté à Venise, en tout : vingt-huit. Ils me demandent aussi où se trouve le compartiment libre dont les collègues leur ont parlé. Bonne chose. Ils vont rester jusqu'à Domo. Avant d'y aller, l'un d'eux regarde vers le couloir puis vers moi et me demande d'intervenir avec un sourire un peu gêné. Et je comprends vite pourquoi. Devant la porte du 8, une flaque de vomissure. Il ne peut rien arriver de pire dans un couloir. J'ai déjà la nausée. Pas question de nettoyer. Avec deux draps sales et une grimace de dégoût je saute par-dessus la flaque à l'intérieur du 8. C'est un jeune Français qui voyage avec ses deux gosses, il en tient un sous les bras avec une main sur le front. Le gosse est livide.

— Il est malade?

— Heu... je ne sais pas, il a de la fièvre, je crois.

Inquiétude. Le père devient aussi livide que le fils.

— Excusez-moi pour le couloir, je n'ai pas eu le temps de l'emmener aux toilettes.

— Pas grave. Il a peut-être abusé de quelque chose. À cet âge-là c'est le chocolat.

— Peut-être... c'est de ma faute, je ne fais jamais attention à ces trucs-là. Je vais être obligé de descendre, c'est peut-être plus grave.

Il me fait de la peine. Je ne sais vraiment pas ce que c'est que d'avoir un gosse.

— Attendez. Couchez-le un peu, il y a un médecin pas loin. Pendant ce temps-là, essayez de nettoyer le couloir avec ça.

Il s'exécute de bonne grâce. Le mot médecin a éclairé son visage.

Ce soir, pas de femme enceinte mais un morpion en pleine crise de foie. À chaque fois que j'ai eu un médecin je l'ai fait bosser. Il est assis côté couloir avec un bouquin dans les mains.

— Heu... Bonsoir. Vous êtes médecin, non?

— ... Comment le savez-vous?

— Ben... je l'ai lu tout à l'heure, en rangeant votre passeport. Il y a un gosse malade à côté, et ce serait très gentil de votre part si vous veniez jeter un coup d'œil...

Il est passablement étonné mais ne dit pas un mot. Après tout, c'est son boulot, il doit l'exercer partout où on le lui demande. Très pro, il

212

saisit une sacoche sur la grille des bagages et me suit.

— Ce sont vos instruments? Vous les avez toujours sur vous?

— Souvent, oui. Je ne suis pas en vacances. La preuve...

Aigre-doux. Je préfère le laisser seul avec le môme pendant que le père continue de passer la serpillière. J'installe les couchettes des retraités et des amoureux du 9. Les deux Américains déconneurs me proposent du Coca, les étudiants me demandent si je ne connais pas un hôtel sympa et pas cher à Paris. Je cogne sur la vitre du 1 et fais signe à la fille de sortir. Oui, vous, ne regardez pas ailleurs, c'est à vous que je parle.

— Vous avez mangé?

— Pardon?... Heu... non...

C'est vrai qu'elle est jolie. Brune aux yeux noirs, les cheveux raides coupés à la Louise Brooks, des taches de rousseur. Pas du tout mon style, mais jolie. Elle tombe des nues, un peu comme le médecin. J'ai horreur de faire ça, c'est ridicule, je ne sais pas draguer, et encore moins pour un autre. J'avais tout imaginé en montant sur ce 222, sauf faire le joli cœur à la place de Richard. Il me tarde d'être à demain matin.

— Ça tombe bien, on aimerait bien vous inviter à dîner, mon collègue et moi.

Comme invitation on peut difficilement faire pire. Un vrai repoussoir.

— Avec joie.

— ...

— C'est d'accord. Où est-ce ?

— Dans... dans le compartiment 10, à l'autre bout. Juste après le départ du train...

Elle va se rasseoir pendant que je reste un instant pantelant derrière le carreau. Elle m'a même souri. C'est Richard qui va être content. Surtout si elle continue de me sourire comme ça. Il serait temps qu'il revienne, celui-là, parce que dans deux minutes je tire le signal d'alarme. Dans le 8, les choses ont l'air de s'arranger, surtout dans le couloir où il n'y a plus aucune trace de gerbe. Le père a retrouvé figure humaine et serre la main du médecin qui ne sourit toujours pas.

— Faites-lui prendre une gélule, dit-il en sortant un flacon de sa sacoche. Il doit jeûner jusqu'à demain. Voilà.

— Excusez-moi pour le dérangement, je dis.

— Ça ne m'a pas dérangé. On repart dans combien de temps ?

Il range son stéthoscope et tapote l'épaule du gamin en souriant pour la première fois.

— Tout de suite. Heu, dites, vous êtes généraliste ?

— Non, je m'occupe d'une clinique, à Bangkok. Je suis spécialiste en médecine tropicale. Vous pouvez me réveiller à Dijon ?

— Bien sûr. Une demi-heure avant. Et merci encore...

Coup de sifflet. Première secousse. Nom de Dieu, Richard !

214

— On bouffe ? dit-il, juste derrière mon dos, les bras chargés de sacs en plastique.

Le temps de cadenasser ma cabine et nous installons le pique-nique, verres, serviettes, couverts, ouvre-bouteille.

— Alors ? Tu l'as eue ?

— C'est peut-être pas le mot, mais je crois qu'elle va venir.

— Yeeeeh !

Les trois pizzas sont brûlantes. Pas d'anchois mais une pleine barquette de fritto misto. La faim me revient. Demain j'invite Katia au restau. La fille pointe son nez timidement. Richard se dresse sur ses pattes et l'accueille avec beaucoup de panache dans le geste. Échange protocolaire de prénoms, elle s'appelle Isabelle. Et elle va me gâcher ce seul et minuscule petit instant de réconfort, Richard ne va pas arrêter de dire des conneries, elle va nous poser les sempiternelles questions et je ne pourrai même pas desserrer ma ceinture. Elle croise les jambes et mange sa part de pizza avec élégance, du bout des lèvres, alors que Richard a déjà la lippe imbibée d'huile. Je me tasse dans un coin de fenêtre pour me consacrer au paysage, indiscernable d'ailleurs, dans l'épaisseur des ténèbres. Richard guette mon regard approbateur à chaque nouvelle anecdote, mais je ne confirme rien, j'ignore. Elle a des taches de rousseur jusqu'aux chevilles... Le calamar entre le pouce et l'index, la serviette qu'on passe délicatement aux commissures. Entre deux bouchées elle pose une question sur ce formidable boulot qu'est le nôtre, les nouveaux horizons, la déroute du quotidien, etc. Elle me rappelle ce journaliste d'*Actuel* que nous nous étions farci pendant un Palatino aller-retour, pour un reportage *in situ*, comme il disait... On a presque l'impression qu'elle s'inquiète pour nous, toutes ces douanes, tous ces gens, toutes ces responsabilités, etc.

— Vous ne rencontrez jamais de trafiquants, des gangsters, des gens curieux, des indésirables ?

«Surtout pendant la bouffe», ai-je réprimé, à grand mal. Richard se rapproche doucement d'elle et renchérit sur tous les terribles dangers que nous traversons. Un peu gênée, elle s'écarte de lui. Le plus étrange c'est qu'elle semble s'inquiéter de mon silence, à plusieurs reprises elle a essayé de me faire rentrer dans la conversation.

— Et votre ami, il ne lui arrive jamais rien ?

— Oh lui, c'est un bougon. Je l'aime beaucoup mais c'est un ours.

Elle n'arrête pas de me sourire et ça me gêne par rapport à mon pote. Pourquoi moi ? Pourquoi faut-il que je subisse autant de contradictions depuis ces dernières vingt-quatre heures ? Tout le monde se trompe, tout le monde se croise et personne ne va là où il devrait aller. Il paraît que ça caractérise l'humain. Je ne sais pas ce qu'elle veut mais elle le traduit mal, pas le moindre égard pour Richard qui tente de lui offrir du vin, sans parler de cette façon imperceptible de gagner du terrain sur la banquette où je suis assis. Je n'ose même pas regarder vers mon collègue.

Il se lève brusquement et balance son morceau de pizza dans la poubelle. C'est à moi qu'il en veut.

— Bon... eh bien... Je te laisse débarrasser le dîner, et moi je m'occupe du plancher, hein, Antoine... À bientôt, collègue. Au revoir, Isabelle.

— Reste, écoute ! T'as pas fini ton verre de vin ! Y'a rien qui t'attend dans ta bagnole !

Rien à faire. Parti. Saumâtre. Comme si c'était de ma faute. Et je risque d'avoir besoin de lui dans peu de temps. Les cartes sont mal distribuées.

— Parlez-moi encore de ces nuits entières dans les trains.

Je cauchemarde ou c'est bien une citation de Duras ? Je ne sais plus quoi faire ou dire, alors je bafouille, des banalités, comme hier quand le dormeur m'a posé la même question. Et comme hier je pense à autre chose. Aux rencontres, dans les trains, leur subliminale teneur en sincérité, leur gratuité. C'est sans doute la faute de la nuit. Je me souviens de cette femme qui pleurait toutes les larmes de son corps, dans les bras de son amant, sur le quai de Roma Termini. Une caricature de Latin Lover, avec une chemise blanche qui dépoitraillait sa pilosité, un gros pendentif au milieu, un pantalon serré. Un type comme il en traîne mille, le soir, à la terrasse des cafés, près du Panthéon. Elle pleurait en l'étreignant de plus belle, et lui, le visage grave du protecteur, se gobergeait d'autant de lyrisme. Un vrai pro. « Ne pleure plus, je t'aime, je viens très bientôt à Paris. » Le train part, ses sanglots redoublent, elle me regarde en avouant ses larmes, elle veut me faire comprendre que sa douleur ne lui permet pas pour l'instant de remplir une feuille de douane, elle trouve ça dérisoire. Je respecte et pars en douce. Quatre heures plus tard je viens récupérer la feuille, elle est assise à côté d'un jeune gars hâbleur et bourré d'humour à en croire les éclats de rire et les échanges de sourires. Le lendemain matin je les retrouve dans le ragoût devant un café, leurs lèvres sont tendres, le bout de leurs doigts s'effleurent dans une douce intimité. 10 h 6, c'est l'arrivée en Gare de Lyon, elle parcourt quelques mètres de quai en cherchant du regard, et tombe dans les bras d'un homme qui lui enserre la taille et la fait voleter autour de lui.

Depuis, je doute. Je doute de tout ce qui peut ressembler à une expression formelle de ce qu'on appelle la sincérité. Les larmes, le rire, l'émotion, le théâtre, le sentiment... Tout ceci me paraît un peu exagéré. Pas raisonnable. Comme cette Isabelle, différente de l'autre, peut-être, mais qui ne m'inspire aucune confiance. Je ne sais pas pourquoi.

— Il faut passer des examens, il faut faire des

stages, vous devez être prêts à toutes les situations, non ?

Pas toutes, hélas.

— C'est comme dans tous les boulots, la théorie ça s'apprend en deux jours. Je n'en connais pas autant qu'un machino sur le matériel, pas autant qu'un contrôleur sur la billetterie, pas autant qu'un conducteur sur le service-client. Mais j'en connais plus qu'un machino sur la billetterie, plus qu'un conducteur sur le matériel et plus qu'un contrôleur sur le service-client. C'est tout. Mais ça vous intéresse vraiment où vous n'avez pas envie de dormir ?

— Non... je... Ça vous ennuie... ?

Je ne réponds pas. Non, merci, je débarrasse seul. Non, j'ai encore du boulot à terminer. Je ne vois pas quoi répondre à vos questions, d'ailleurs, d'habitude ce sont les garçons qui posent les questions aux filles.

Elle part dans le couloir en se retournant de temps à autre et finit par rentrer dans son compartiment. Il est 23 heures et je ne vais pas tarder à soulager Mésange de ce paquet de linge sale qui passe son temps à dormir.

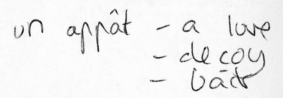

un appât — a lure
— decoy
— bait

Le train est plus animé qu'hier. Les retours sur Paris me donnent toujours cette impression mais les statistiques disent le contraire. En tout cas, les premières classes sont pleines, les T. 2 abritent des petits couples amoureux, le voyage de noces à Venise a toujours autant de succès. La grosse tête de Mésange se voit de loin. Il discute, assis sur le bat-flanc, avec le dormeur, un verre à la main. J'ai presque le sentiment de les déranger quand Mésange, l'air accablé, dit : « Le mien est une tête de lard ! » J'ai deviné de quoi ils débattent. Mettez deux pères ensemble et ça part tout seul. En tout cas je suis assez content qu'ils se soient entendus.

— Ah te voilà, toi...

Ils se saluent, Jean-Charles se confond en remerciements, l'autre fait le modeste, à bientôt peut-être, pourquoi pas, etc. La tête haute, sans même un regard vers moi, le dormeur part dans la direction de la 96, en toute légitimité.

Mésange n'écoute pas mes remerciements à moi, il m'attrape le bras.

— Petit con, va. C'était pas la peine de mentir.

D'un coup sec je reprends mon bras et sors de sa bagnole sans me retourner.

— Qu'est-ce que vous lui avez raconté ?

— Mais... rien. Je n'ai pas dit un mot sur moi ou sur notre voyage. Je n'ai parlé que de mes gosses.

Ça a dû turbiner dans sa grosse tête, il a compris sans comprendre. Maintenant il sait que je suis un menteur, un menteur qui n'hésite pas à mettre le paquet pour obtenir satisfaction. Il ne se doute pas que j'étais en deçà de la vérité. *less than*

— J'ai passé un ex-cel-lent moment. Ces Singles... Formidables ! J'ai dormi dans un vrai lit, avec un vrai matelas. Je comprends beaucoup mieux la réputation des Wagons-lits. C'est vrai qu'en couchette on ne peut pas réaliser, faut être fakir pour s'allonger là-dessus, ce serait la comparaison entre une paillasse de M.J.C. et une suite au Hilton. Et votre ami le conducteur, quel style ! Il m'a offert du vin dans une coupe, avec une serviette blanche sur la manche.

Ne rien dire. La boucler. Si je m'exprime, c'est avec le plat de la main. J'ouvre le 10.

— Je ne vais pas répéter toujours les mêmes trucs, on va passer la douane, les contrôleurs vont s'installer à côté, vous ne mettez pas le nez dehors.

— Eh dites, Antoine, à propos de nez, vous ne trouvez pas que ça sent un peu le graillon ici ?

Il abuse. Cette fois-ci je ne peux pas faire comme si je n'avais rien entendu.

— Vous la fermez, Latour, vous fermez votre clapet !

Il croise les bras en haussant les épaules.

— Bon, très bien, j'ai compris. Depuis que j'ai vu un conducteur à l'œuvre j'ai saisi quelque chose sur les couchettistes. C'est comme la literie, rien à voir. Ah... Parlez-moi de la politesse du couchettiste !

Je me mords la lèvre, une seconde.

— Et la politesse de l'incurable, c'est d'avoir toujours un pansement propre.

Je sors sans voir sa réaction. Je regrette un peu. Tant pis. Sur la tablette du bac à linge, je range en ordre billets et passeports pour clarifier et accélérer le travail des douaniers et autres gardes-chiourme. Ne pas aérer pour qu'ils se sentent vaguement incommodés. Au fond du couloir, Isabelle, le front contre la vitre, jette parfois une œillade et un sourire de mon côté. Tenace. Passeport français, une photomaton qui ne l'avantage pas, nom : Bidaut, profession : interprète. Ça peut servir aussi, après tout.

23 h 30. Plus que cinq minutes. Les contrôleurs s'apprêtent à céder la place aux homologues suisses. L'insouciance s'estompe face à la rigueur. Je vais les regretter, les aquoibonistes péninsulaires.

Jean-Charles installe une couverture et un

oreiller sur la couchette du haut. Son visage a déjà changé, ses traits ont redessiné ce masque crispé, comme si tout lui était revenu subitement en mémoire. J'y suis peut-être pour quelque chose. *I had something to do with it perhaps*

— Excusez-moi pour ce que j'ai dit, tout à l'heure. Heu... Vous allez réussir à dormir sur une vulgaire couchette?

— Oui, je pense... Ne vous inquiétez pas. Demain matin je serai avec mes enfants, il faut que je sois en forme, il faudra que je fasse bonne figure.

— Ils vous manquent?

— Oui et non... Vous savez, les enfants, on les a toujours un peu avec soi. On voyage beaucoup, avec eux. Vous comprendrez ça, un jour. Dès qu'ils sont en âge d'écouter des histoires, ils s'embarquent avec vous, ils partent, dans la tête...

— Faites en un autre, au bout de trois on a demi-tarif.

Le «vous comprendrez...» était de trop. Je hais, je méprise la maturité sentencieuse.

Je suis mieux chez moi, seul, clope au bec, tranquille.

C'est bizarre... je ne suis même pas angoissé à l'approche de cette enfilade de casquettes. Hier je me liquéfiais de peur à la vue d'un uniforme, et ce soir je les vois comme des pantins, *puppet* des robots sélecteurs, programmés, ponctuels et pas forcément chiants. Je réalise petit à petit que le danger est vraiment une notion relative.

Comment un cascadeur, un dealer de dope ou un démineur vit-il ça? Blasés, routiniers, distants? J'aimerais bien savoir.

«Rien de spécial?» a juste demandé le Suisse. Les Italiens avaient l'air méchant et la tête ailleurs. Ils se sont ébroués de quelques flocons de neige, j'ai regardé par la fenêtre, le quai était tout blanc. J'ai demandé si on pouvait commencer à skier, ils ont répondu que non, pas cette année, mais il reste une petite chance en février. Au retour, le Galilée fait un arrêt au poste frontière de Brig. Une nuit ils ont fait descendre un punk avec une crête rose, bière à la main, chaînes au cou, avec juste un tee-shirt lardé de coups de lame de rasoir. En janvier, aussi. Un Suisse m'a demandé, comme une faveur, une couverture pour la lui mettre sur les épaules. Lui aussi devait être père, faut croire.

Un contrôleur suisse arrive chez moi un peu après le départ. Le sourire hypocrite, je lui propose le compartiment libre. Il enlève son imper en plastique sans répondre et sans enthousiasme.

— Je peux y déposer ça? dit-il en secouant son truc dégoulinant.

Bien sûr, avec plaisir, et celui de votre collègue aussi. C'est la dernière fois, je le jure, que je fais des politesses à un fonctionnaire.

Un quart d'heure plus tard il réapparaît, sec comme un coup de trique.

— T'es prêt?

— Heu... oui.

Gaffe à ce mec-là. Sa façon de dire «t'es prêt»
a réveillé le coupable en moi. Je me demande si
je ne l'ai pas eu, déjà, sur un Florence.

— Vingt-neuf passagers, c'est bien ça?

— ...

Merde...

Deux fois en deux nuits.

Je viens de me faire avoir comme un débutant, il a compté tous les voyageurs.

Le dormeur avec. Et je n'ai que vingt-huit
billets. Hier, j'avais au moins une explication
valable à fournir.

— Vingt-neuf, c'est ça?

Je suis forcé de répondre oui, sinon il va exi-
ger de recompter en ma présence, et là, il saura
de visu lequel n'a pas de billet. Je viens de faire
une belle, belle, belle connerie.

— Bon, on y va. (... Un... deux...)

À chaque nouveau billet je peux lire le
décompte sur ses lèvres. C'est trop con. En arriver jusqu'ici et se faire avoir par un détail aussi...
aussi mesquin. Il faut que je parle.

— Dites, je vais passer des vacances à Genève
cette année, si je prends le même train je ne
change qu'à Lausanne?

— Lausanne-Genève à 5h25, c'est le premier. (... Six... Sept...).

C'est couru d'avance, «il manque un billet!».
Je serai forcé de le conduire à Jean-Charles, et
c'est le flagrant délit de clando, il va lui deman-

226

der la pièce d'identité qu'il n'a plus... Et les douaniers ne sont pas encore descendus.

— Alors, en sortant du 222 à 0.44, j'ai celui-là à 5.25?

— Le 1068, oui... (... Treize... quatorze...)

Impossible de l'embrouiller, cet enflé. Ils m'ont envoyé un mutant.

— Vous dépendez de la gare de Lausanne?

— Oui.

— Vous connaissez le téléphone? Au cas où je change d'horaire.

— 25.80.20.20. (... Dix-sept... Dix-huit...)

Il est meilleur que moi, l'enfoiré. Celui d'hier je l'ai gobé comme un œuf frais, mais celui-là, c'est le genre vieille carne où plus d'un ont dû se casser les dents.

— Dites, j'ai un barème des changes qui date de trois semaines, j'ai pas envie d'y être de ma poche si je vends une place, j'ai le franc suisse à 3.49, si je convertis la contre-valeur en lires ça nous fait quoi?

— On est à 3.61, la contre-valeur dans tes francs est de... 75,81 si tu fais la couchette à 21 francs suisses, avec une lire à 0,0043, ça nous fait du 17630 lires. Tu peux arrondir à 17700. (... Vingt-trois... Vingt-quatre...)

Foutu. Fini. Il arrive au bout.

— Dites, les Suisses, à propos de franc, il paraît que vous allez bientôt entrer dans le Serpent monétaire européen?

— Quoi...?

Il a dressé la tête, net, comme un coup du

227

lapin. Il m'a fixé avec la curiosité inquiète de qui se penche vers la cage d'un monstre de foire.

— Tu plaisantes ? Quel serpent ? On raconte ça, en France ? Ça veut dire quoi, cette Europe ? Avec votre lire ? Avec votre franc français ? I' se mord la queue votre serpent, ça va être du joli en 92, tiens...

— Mais votre confédération, elle va tenir le coup longtemps ?

Il éclate de rire. Nous restons quelques instants immobiles. En sortant il marmonne deux ou trois mots inaudibles que je ne lui demande pas de répéter. Je ne peux pas m'empêcher d'éprouver un léger soulagement, voire une petite pointe de satisfaction. C'était évident, pourtant. Scandaliser un Suisse ? Il n'y a qu'un seul domaine pour lui chatouiller la neutralité.

Ouf...

Il faut absolument que je raconte ça à quelqu'un. À Jean-Charles, s'il lui reste un peu d'humour, à cette heure de la nuit.

Une coulée de sang lui va du menton à la pomme d'Adam. J'ai eu un mouvement de retrait. Il garde la pointe du nez en l'air, la bouche ouverte.

— Qu'est-ce que...

— Le nez..., gargouille-t-il. Ça coule, comme ça, sans prévenir... Vous auriez un mouchoir ?

Une taie d'oreiller propre. Je préfère qu'il le fasse tout seul. Pourtant, on dirait bien du sang comme les autres.

— Vous avez trop chaud? J'ai mis le chauffage à fond.

— Non, je ne sais pas comment ça se déclenche. Ne touchez pas aux gouttes sur la banquette, je ferai ça tout à...

Ses narines ont giclé quand il s'est contracté de douleur, les mains crispées sur le ventre. Il souffre. Le bruit du train a <u>décuplé</u> dans mes tympans, je suis là, raide, froid, sans savoir quoi faire. Qu'est-ce qu'on dit dans le livret de prévention des accidents?

— Hé ho... faites pas le con... qu'est-ce que je fais...?

— Rien... Je crois que c'est dans la tête... D'habitude je n'ai jamais mal au ventre...

Ça lui arrive dès qu'il est dans la 96, chez Mésange il rayonnait de santé. Dans la tête ou pas je ne peux pas le laisser dans cet état. Il dit toujours qu'il est <u>en sursis,</u> et sa manière de parler de «l'après» a de quoi mettre la trouille à un responsable de voiture-couchette.

— C'est rien, je vous dis.

— Arrêtez de dire ça, avec vos mains qui s'accrochent à la peau du ventre.

J'ai aussi mal que lui.

Le toubib. Si je ne fais pas appel à lui, je risque de le regretter à vie. Jusqu'à ce soir ça allait encore, la transpiration, la fatigue... Mais le nez qui pisse le sang et les douleurs au ventre, là, je ne me sens pas vraiment capable de prendre une initiative.

— Jean-Charles, il y a un médecin, ici. Je vais le chercher.

— Mais non! Vous n'allez pas décider à ma place! Personne ne sait ce que j'ai, il ne saura pas quoi faire. Il n'y a que le professeur Lafaille...

— Hier soir vous aviez parfaitement décidé de vous passer de ses services, non?

Sans l'écouter je pars vers le 6 où le médecin ne dort toujours pas, et ça me fait une corvée de moins. D'abord il va me dire que j'abuse, mais quand il aura vu le dormeur, il comprendra. Deux retraités sont allongés en face de lui mais ne dorment pas.

— Vous allez penser que je le fais exprès mais, voilà, j'ai encore besoin de vos services.

Pas de réaction, un regard muet, une étrange immobilité. Puis, très vite, il referme son livre et éteint la veilleuse. Sacoche en main, il sort en faisant une drôle de mine acerbe, peut-être pour marquer le dérangement, je ne sais pas. L'important c'est qu'il vienne.

Jean-Charles a toujours la tête en l'air avec la taie maculée sur tout le bas du visage.

— Mais ce n'est rien, je vous dis!

Le toubib ne semble pas plus étonné que ça et commence une auscultation à laquelle Jean-Charles se prête sans trop de mauvaise grâce.

— Vous avez mal dans quelle partie du ventre?

Ils dialoguent par gestes et par le regard.

Jean-Charles ne semble pas décidé à parler de sa maladie.

— Vous prenez un médicament en ce moment ?

Une seconde d'hésitation.

— Oui, il prend des pilules à heures fixes, montrez-les, Jean-Charles.

Ma mère dit toujours qu'il ne faut jamais mentir aux médecins et aux avocats. Elle n'a jamais vu d'avocat de sa vie. Et je me demande si, question mensonge, je suis vraiment son gosse. En bougonnant il sort son flacon, le médecin le saisit d'un geste rapide et garde les yeux rivés sur l'étiquette pendant un long moment.

— Ça ne vous apprendra rien, j'ai une maladie rare !

— On dirait que vous en êtes fier, je dis, agacé.

Le toubib à l'air de revenir sur terre.

— Bon, écoutez, je ne suis pas un spécialiste, mais une chose est sûre, vous ne pouvez pas continuer à voyager dans ce train. Ces pilules sont un traitement expérimental, n'est-ce pas ? Personne ne connaît vraiment les effets secondaires, non ? Il est possible que vos douleurs soient en rapport, mais ça c'est moins grave. J'ai surtout peur de l'hémorragie interne. Quel est le prochain arrêt ?

— Lausanne.

— Il faut tout de suite l'hospitaliser, là-bas. Tout ce que je peux faire pour l'instant c'est une injection qui va le détendre pendant une heure ou deux, il faut absolument éviter de nouvelles crispations. tensions

Il me raconte ça à moi, comme si j'étais son tuteur.

— Une piqûre! Impossible! crie le dormeur. C'est le professeur qui s'occupe de ça, qu'est-ce que vous en savez, vous, si une piqûre ne me ferait pas plus de mal que de bien? Vous ne savez même pas ce que j'ai!

— ... Syndrome de Gossage?

Légère stupéfaction sur le visage du malade.

— C'est marqué sur l'étiquette de votre flacon, dit le toubib. Bon, je vous conseille d'accepter cette intraveineuse avant de descendre.

— Écoutez, docteur, je ne sais pas si je vais descendre, et je crois bien que c'est mal parti. En tout cas, la piqûre, hors de question.

Le médecin est aussi gêné que moi.

— Docteur... c'est un cas un peu spécial. Ce monsieur ne devrait pas être sur ce train en ce moment. Il a des ennuis, il a été obligé de fuir la Suisse pour rejoindre la France au plus vite. Il n'y a pas d'autre solution pour lui éviter de descendre?

— Non. Il risque beaucoup plus en restant ici. Où est-ce que je peux me laver les mains?

— Dans les toilettes, juste à gauche.

Il referme sa sacoche et sort avec.

— Je peux vous la garder, je lance.

232

— Hein...? Ma sacoche? Merci, non, j'ai besoin de désinfectant.

À peine est-il sorti que Jean-Charles me regarde en grimaçant.

— Vous ne le trouvez pas bizarre, vous?

— Qui... lui? Ben... Non.

— Vous savez, on a dû m'ausculter des milliers de fois, mais lui, je sais pas... je ne l'ai pas senti...

Sans le laisser continuer je sors du compartiment et entre dans ma cabine sans faire de bruit. Le dormeur a créé le doute dans mon esprit, comme une suite de petits détails qui tendent vers quelque chose d'insaisissable. Le syndrome, la piqûre, cette descente à Lausanne, la sacoche. Je m'enferme au carré et éteins la lumière. Le plus lentement possible je m'agenouille pour coller mon œil contre la « télé » percée dans la paroi qui sépare des toilettes. Ça fait longtemps que je ne m'étais pas retrouvé dans cette position.

Pas grand-chose. Ses genoux, l'anse de sa sacoche, le bruit de l'eau. Ça dure une bonne minute sans que rien de nouveau ne rentre dans le plan. Sa main range une bouteille dans la sacoche puis en tire une boîte plate et métallique, il se penche, l'ouvre, c'est un étui qui contient une seringue, quelque chose a l'air de manquer, il farfouille, une fiole, un sérum peut-être. Il se redresse et je ne vois plus rien, il jette quelque chose dans la corbeille. Il a préparé une seringue, je pense. Il repose la boîte métallique

puis sort un autre petit objet cylindrique qui
semble assez lourd. Il le garde dans la paume et
cherche encore. Apparemment il a trouvé...

Un flingue.

Un genou à terre, il visse le silencieux au bout
du canon.

Il le met dans une poche intérieure, ferme sa
sacoche et s'apprête à sortir.

Une raideur m'a paralysé les bras... Il ne faut
pas qu'il retourne dans le 10.

Impossible.

Je vais bien trouver un moyen, il ne sait pas
que je sais. Le loquet des W.-C. claque et je me
précipite dehors. J'ai peur d'être trahi par mon
visage.

— Hé, docteur, je ne parle pas trop fort pour
que... vous comprenez... Entrez dans ma cabine,
j'ai un truc à vous dire, à propos de...

Il n'hésite pas à entrer et passe le premier.
Dès que je vois son dos, j'arme mon genou très
haut et déroule toute ma jambe dans ses reins,
il cogne de plein front la vitre, je claque la porte
et me jette sur lui de tout mon poids en le mar-
telant de coups de poing dans la gueule. J'y mets
toute ma force, il gigote sous moi, je martèle
tant que je peux et toujours au même endroit,
sur tout le côté gauche de son visage. Pas un
son ne sort de sa gorge, il n'y a que le bruit
sourd de mes poings sur son crâne, ses bras
m'échappent...

Je me suis retrouvé à terre, éjecté.

Je n'ai pas eu le temps de me relever, j'ai juste

234

dressé la tête, le canon pointait au niveau de mes yeux.

— Restez à terre.

Au loin je peux entendre la sirène d'un train qui va nous croiser dans quelques secondes. De sa main libre il palpe doucement son arcade gauche.

— Vous auriez dû m'écouter, tout à l'heure, juste un sédatif, au cas où il faisait des difficultés, à Lausanne. Une ambulance l'attend à la sortie de la gare. Ça ne nous sert à rien de laisser un cadavre derrière nous. Le sien ou le vôtre. De quoi vous mêlez-vous ?

Troisième fois que j'entends la question.

— Et vous pourrez le retenir contre sa volonté, en Suisse ?

Pas de réponse.

Un instant j'ai pensé que j'étais responsable. Moi et ma fâcheuse tendance à mobiliser les médecins, sur ma voiture.

— Vous êtes vraiment médecin ou vous êtes un tueur ?

Rire. Presque sincère.

— On dit toujours que les extrêmes se touchent toujours un peu... Je suis vraiment médecin. Brandeburg en voulait un pour remettre la main sur Latour, ses autres sbires n'ont pas vraiment <u>fait l'affaire</u>, à l'aller. Un peu à cause de vous, à ce qu'on m'a dit. Et puis, il n'y a guère qu'un médecin pour s'occuper de Latour, et intervenir si besoin est. Vous, vous êtes assez efficace, j'ai l'impression, mais comment pour-

235

riez-vous faire un acte médical s'il avait une syncope ou une hémorragie ? Et s'il mourait, là, brutalement ? Nous sommes plus soucieux de sa santé que vous.

Il a raison.

— Ses maux de ventre, c'est quoi ?

— Ce que j'ai dit, sûrement les pilules. Quant au saignement de nez, je ne pense pas que ce soit important. Un peu d'angoisse à l'approche de Lausanne, ou à l'approche de Paris, allez savoir.

Son arcade vire au violet, doucement. Il s'assoit de trois quarts sur mon fauteuil sans dévier une seconde de sa ligne de mire. Du bout des doigts il effeure sa joue.

— La pommette a déjà changé de couleur ? Vous n'avez pas ménagé vos efforts...

— Et en tant que médecin, vous savez vous servir de ça, là ? dis-je en montrant l'arme.

— Je sais très bien m'en servir, mais je ne vais pas vous raconter ma vie.

Quelque chose d'intense passe dans ses yeux.

— On retourne dans ce compartiment, je garde ça dans ma poche, le doigt sur la détente, dit-il l'arme en main. Si qui que ce soit arrive avant Lausanne, vous gardez le sourire et autant que possible vous ne sortez pas du compartiment.

— Et si ce sont les contrôleurs ?

— Eh bien... vous sortez, bien sûr. Je reste avec Latour. Sinon, nous sommes deux voyageurs avec lesquels vous avez sympathisé. Ça vous arrive, non?

— Rarement.

— À Lausanne, nous prenons le malade en charge et vous ne vous occupez de rien. C'est le prix de votre peau.

Il me fait signe de sortir. Jean-Charles ne comprend rien. En quelques mots je lui explique la situation, mais le léger mauve sur la gueule du toubib est un bien meilleur argument. Il comprend, petit à petit, la nouvelle donne. Étrangement, il ne sombre pas dans la crise de tétanie, comme s'il s'y attendait.

— Et c'est vous qui l'avez conduit jusqu'à moi...?

Je ne réponds rien. C'est comme ça.

— Et vous là, en tant que médecin, vous pourriez tirer sur un individu?

Il ne répond rien non plus.

— Le docteur n'a plus qu'un vague souvenir du serment d'Hippocrate, hein?

Aucune réponse. Aucune réaction. Si Jean-Charles se lance dans un travail de sape, il a intérêt à se grouiller, il est presque 2 heures et on arrive à Lausanne dans vingt minutes. Moi, je n'ai aucune envie de jouer au héros, tenter une manœuvre stupide qui risque de coûter cher. Au nom de quoi et à quel prix? J'ai fait ce que j'ai pu, je n'ai rien à me reprocher, je suis allé au bout de mes ressources. Je ne peux rien faire contre un flingue.

On cogne doucement au carreau du couloir.

Le toubib se redresse sans paniquer, Jean-Charles sursaute.

— Ouvrez, voyez ce que c'est, mais ne sortez que si ce sont les contrôleurs.

Sans faire de geste brusque, je fais coulisser lentement la porte.

— C'est là que vous vous cachez?

Je reçois un léger coup dans la cheville, c'est le toubib, il veut voir qui a frappé. J'ouvre un peu plus, il découvre un visage souriant et bourré de taches de rousseur. Il vaudrait mieux pour elle qu'elle s'en aille, vite, très vite.

— Vous faites salon? dit-elle, la mine enjouée. Ça ronfle dans mon compartiment, je ne pourrai jamais dormir et d'ailleurs je n'ai absolument pas sommeil!

— Parlez moins fort, dis-je, tout le monde n'est pas dans votre cas.

Casse-toi... Mais casse-toi!

— Je ne peux même pas allumer la veilleuse pour lire un peu, je ne sais pas quoi faire... Je peux entrer?

Je me retourne vers le toubib, parce que je n'ai aucunement l'intention de prendre une décision.

— Mademoiselle, j'ai besoin de parler avec...

Le toubib n'a même pas le temps de terminer sa phrase, elle vient de s'inviter toute seule, ravie, volontaire, et entre dans le compartiment en forçant un peu sur mon bras. Elle pousse un bonsoir et serre la main de Jean-Charles puis se retourne vers le toubib, main tendue.

— Bonsoir...

Il y a eu une petite seconde de blanc, de vide. Un court instant où personne n'a bougé. Et j'ai attendu que les mains se touchent, mais elles ont tardé, je n'ai pas compris. Je me suis dit, pendant cette seconde, qu'il y avait peut-être quelque chose à faire, mais je n'en ai pas eu le courage.

Hypnotisé, la tête vide, j'ai vu la fille agripper la tête du toubib et la cogner contre son genou.

Il est tombé à terre, Jean-Charles a poussé un cri, de la ceinture de son jean, elle a déjà sorti une arme, le toubib l'a sentie dans son cou, elle a hurlé un ordre, sorti l'autre flingue caché dans la poche et me l'a tendu. Tout ça en deux secondes.

— Vous. Mettez ça quelque part.

Le truc dans les mains, je suis resté sans bouger, comme une potiche.

— Remuez-vous ! Faites au moins ce qu'on vous dit !

J'obéis. Sans broncher, sans comprendre. J'ai regardé distraitement dans le couloir avant de sortir, puis j'ai planqué le truc sous le fauteuil de ma cabine. Pourquoi là ? Là ou ailleurs... Juste histoire de ne pas le laisser traîner à vue.

De son sac à main, elle sort des paires de menottes, on dirait des bijoux, Jean-Charles en saisit une paire et la regarde de très près, comme un joaillier. Elle m'en tend une autre avec la clé.

— Attachez-le où vous pouvez, pas en l'air. Qu'il puisse rester assis.

À ma montre je lis 2h 7. Personne n'ose prononcer la moindre parole, pas même elle. Le
médecin fait de lents mouvements de mâchoires.
Un coup pareil m'aurait cassé les dents. Un
tiraillement dans les tripes m'interdit de parler,
de demander. Tout se joue sans moi, désormais,
et je ressens presque un soulagement à l'idée que
quelqu'un d'autre ait repris le contrôle.

— Comment vous sentez-vous ? demande-
t-elle à Jean-Charles, sans quitter le médecin
des yeux.

— Je ne sais pas... je... qui êtes-vous ?

— Brandeburg sera là, à Lausanne ?
demande-t-elle au toubib, qui ne répond rien.
Vous, le couchettiste, allez me chercher son passeport.

Elle le feuillette rapidement.

— Vous ne travaillez pas régulièrement pour
lui. Votre nom n'est dans aucun fichier, votre
tête ne me disait rien.

— Mais qui êtes-vous, bordel ? s'énerve Jean-
Charles.

— Je suis plutôt de votre côté, ça vous suffit ?
Pour essayer de rattraper la connerie que vous
étiez sur le point de faire, passez-moi le mot. Se
jeter dans la gueule de Brandeburg... Vous ne
vous êtes même pas renseigné sur les activités
de ce monsieur. Vous vendez votre peau à un
courtier, et vous espérez en tirer quelque chose
de bon ?

— Courtier... ?

240

Le médecin ne dit rien et regarde par la fenêtre.

— Oui, un courtier. Un broker si vous préférez.

— Pas plus...

— Un marchand de sang, quoi. Demandez au monsieur en face de vous, il vous donnera des détails sur le trust Brandeburg. ~~retwoated~~

Mais le médecin s'est calfeutré dans un silence d'où personne ne le sortira. En chœur, nous demandons à la fille de poursuivre.

— Un courtier vit du commerce du sang, il saigne le tiers-monde, toute l'Amérique du Sud pour revendre ses stocks aux pays riches, aux pays en guerre et aux industries pharmaceutiques quand la Croix-Rouge ne peut plus fournir, et c'est le manque permanent. Tout est bon, le sang congelé, lyophilisé, parfois vieux de plusieurs années. Cent fois nous avons essayé de le faire tomber, lui et les quelques autres du même commerce, mais il n'apparaît jamais dans les transactions. Il s'est sorti blanchi de tous les procès. À lui seul il a réussi à faire de la Suisse la plaque tournante mondiale du sang. Ce monsieur, en face de vous, est sûrement au courant.

Imperturbable, le toubib semble concentré sur la nuit vallonnée, la neige, les petites lueurs chaudes des gares que nous traversons.

— Brandeburg sera là? demande-t-elle à nouveau, sans espérer de réponse.

— C'est qui «nous»? Vous travaillez pour qui?

Pour la première fois, le médecin ouvre la bouche. Et sourit.

— L'O.M.S... L'O.M.S. qui se prend très au sérieux, maintenant. Des agents, des revolvers, un réseau... Vous vous êtes équipés.

Jean-Charles s'énerve et moi je suis sur le point de tout envoyer balader, rendre mes billes, allez tous vous faire voir...

— C'est quoi l'O.M.S.?

Jean-Charles semble presque intéressé, et la fille le regarde comme un extraterrestre.

— Non mais... vous êtes sérieux? Vous n'avez jamais entendu parler de l'Organisation Mondiale de la Santé? Je me suis souvent demandé pourquoi l'opinion publique avait autant de mal à bouger... Je suis sur l'affaire Brandeburg depuis deux ans, et ce soir je ne le <u>louperai pas</u>. Il n'intervient jamais en personne, toute l'année il reste dans ses bureaux avec ses secrétaires, et s'il vous <u>piste</u> à travers l'Europe, monsieur Latour, c'est que vous représentez un gros coup. C'est le professeur Lafaille qui m'a expliqué ce que vous... enfin...

to miss
on
track

— Ce que je vaux? Dites-le. Vous connaissez Lafaille?

— C'est lui qui a fait appel à nous, votre femme est allée le voir dès votre coup de fil et lui nous a jeté un S.O.S., nous sommes les seuls à pouvoir intervenir aussi rapidement. Il a fallu que je me décide en deux heures. On m'a laissé le choix. Pour nous c'est l'occasion où jamais d'avoir Brandeburg. Mais pour ça je dois le voir, lui, en personne, faire parler ses hommes de main, les faire témoigner.

Je ne pige pas grand-chose, mais le mot «mondial» m'a rassuré, bêtement. Un truc qui va au-delà des frontières. J'ai supposé une autorité suprême susceptible de me couvrir au cas où je me retrouverais coincé dans un procès ou une grosse embrouille. Après tout, ils me doivent quelque chose. Ils ne peuvent pas me laisser tomber.

— Témoigner...? répète le toubib. Vous plaisantez?

— Non, et je compte sur vous, c'est votre dernière chance. Pour l'instant je ne peux rien faire, ni arrêter le train ni faire appel aux officiels. Je dois attendre que Brandeburg monte, il n'est pas question d'engager un nouveau procès sur des présomptions, il s'offre les meilleurs avocats, et personne n'a envie de lui créer d'ennuis. Réfléchissez. À quoi vous servirait de le couvrir?

Là, je me sens forcé de dire quelque chose. Comme si subitement je voulais faire comprendre que j'étais tout de même ici chez moi.

— Je ne sais pas ce que vous en pensez, madame... enfin, madame de la santé publique, mais je crois qu'il vaudrait mieux mettre Latour à l'abri, ailleurs. On ne peut pas le laisser au milieu de tout ça.

— Vous... vous savez où le mettre?

— Et si on me demandait mon avis? hurle le dormeur.

— Je crois pouvoir lui trouver une place.
Levez-vous, Latour. Je vous promets que c'est
la dernière translation du voyage. Vous pourrez
même dormir.

— J'en ai marre... C'est où ?

— Vous verrez bien, je préfère ne pas en parler devant..., dis-je en montrant le toubib. Et
vous, la santé publique, vous restez là, avec
votre témoin.

— Ne me donnez pas d'ordre.

Elle n'a plus rien de la jeune fille aguicheuse
de tout à l'heure. Maintenant on dirait plutôt
une vieille maquerelle aguerrie.

— Vous étiez moins chiante, tout à l'heure,
je me permets.

— Ah oui... Parce que vous avez vraiment
cru que je vous poursuivais pour vos beaux yeux
et votre friture grasse ? Pendant ce dîner ridicule ? Vous avez cherché à me draguer, ça m'a
évité des manœuvres d'approche, c'est tout.

— Et pourquoi vous n'êtes pas venue vous
présenter directement ? Je ne suis pas du clan
Brandeburg.

— Je ne le savais pas avant de monter, il
aurait pu vous acheter, vous demander de sage-
ment lui livrer son bien à Lausanne, à la barbe
des douaniers. Et puis, personne n'a compris
votre jeu.

— Mon quoi ?

— Latour appelle sa femme en lui disant
qu'il s'est trompé, que ses contacts en Suisse
sont des truands, qu'il rentre à Paris avec le

244

même train qu'à l'aller, qu'il a quelqu'un qui s'occupe de lui, un employé de ce train. Que voulez-vous qu'on comprenne? Qui est ce «protecteur», pour qui il agit? Et pourquoi il agit?

Ça fait quatre. Qu'est-ce qui fait courir Antoine? La santé publique mondiale se demande ce qui se passe dans ma tête...

— Bon, le train commence à ralentir, j'emmène Latour et je reviens.

Résistance passive de Jean-Charles, il murmure des choses pas claires et pas aimables.

— Allez-vous rincer, je lui fais en montrant le cabinet de toilette.

Il frotte les quelques traces de sang séché sur son menton. Les contrôleurs ne sont pas dans leur compartiment mais ont laissé cartables et imperméables.

— Qu'est-ce que vous avez dit à votre femme? Sur moi.

— Mais rien... J'ai juste parlé d'un jeune gars qui consentait à me raccompagner. Elle m'a demandé si c'était pour de l'argent. J'ai dit non, et c'est tout.

Énoncé comme ça, on penserait que c'est simple...

Richard ne dort pas. Il fume une cigarette en regardant la neige, fenêtre grande ouverte.

— Salut..., dit-il, sans surprise.

Morose.

— Tu me fais toujours la gueule à cause de

la fille ? Non mais attends, tu peux pas savoir, en fait cette nana, elle...

— Non... je m'en fous. Je pensais à toi. Je ne sais pas ce que tu fous, ce que tu veux, tu te sers de tout le monde, tu rends rien. C'est tout.

Ça devait arriver. Juste maintenant. Je n'ai pas le temps de lui expliquer. Il n'a plus confiance. Jean-Charles pose la main sur mon épaule. Et, sans chercher à m'en défaire, je baisse la tête.

— Monsieur Richard. Vous ne me connaissez pas, nous nous sommes croisés dans des circonstances un peu, un peu étranges... Votre ami a fait tout ça pour moi, il s'est démené... Si vous acceptiez de m'écouter... ça pourrait peut-être clarifier, un peu... Ce serait trop bête de perdre un pote, sans savoir.

Sans demander l'avis à personne, il entre dans la cabine en marmonnant des petits bouts de mots, il s'assoit sur le fauteuil. Richard se retourne vers moi.

— Et tu le supportes depuis longtemps ? C'est pour lui que tu cours partout ?

Je me raidis d'un coup en entendant un bruit métallique du côté du dormeur, il pousse un petit cri de soulagement, j'ai à peine le temps de réaliser ce qu'il fabrique que déjà il a jeté la clé par la fenêtre. Sous nos yeux médusés.

— Comme ça, tranquille ! Brandeburg et sa clique, ils me sortiront d'ici à la tenaille ? Allez, venez, je vous attends !

Consternation.

246

Richard me regarde, hébété, incrédule. Le dormeur est devenu fou. Il s'est attaché à la barre de la fenêtre avec les menottes. Il nous regarde, ravi, vainqueur...

Richard laisse échapper quelques mots.

— Mais... comment je vais... comment je fais... les contrôleurs... les douaniers... ?

Le train vient de ralentir brusquement. Cette fois-ci, c'est la bonne. Je ne sais pas quoi dire à Richard, il ne réagit pas, et je dois retourner chez moi, nous entrons en gare de Lausanne.

— Les contrôleurs sont déjà passés chez toi ? On va trouver un moyen, pour les douaniers, on va le planquer sous des couvertures, ou mieux, on va faire comme si c'était un couplage, tu emmènes tes passeports dans ma voiture, on fait comme si je m'occupais des deux voitures, on verra, y'a une solution... Excuse-moi...

Je n'ai pas le temps, pas tout de suite, j'ai honte. J'ai réparé toutes les bourdes de ce con de dormeur mais là c'est trop, il n'a pas hésité une seconde à mettre mon seul copain dans la merde, comme moi, hier, mais moi je commençais à m'y habituer.

Je me retrouve dans le couloir de la 96, les contrôleurs ne sont toujours pas là mais je me doute qu'ils remonteront par le quai, après avoir sifflé le départ. Le toubib, toujours entravé, plisse les yeux et scrute le dehors, la contre-voie, où nous longeons un train stationné.

— Combien de temps, l'arrêt ? me fait la fille, excitée.

— Deux minutes.

— Deux !

Eh oui, deux, il ne se passe jamais rien, entre 2 h 23 et 2 h 25 à Lausanne. Deux minutes, c'est même trop.

Arrêt presque net, deux petites secousses. Le quai est gelé, la neige tombe drue et brille sous le halo du réverbère.

J'ai peur. J'ai envie de pisser. Ça me brûle...

Pour de bon. Je supplie le train, le machiniste, Dieu. Je ne reste pas là.

Tout se bouscule, mes tripes brûlantes, à l'intérieur, je ne vois pas ce que je fais ici. S'ils sont assez cons...

Deux minutes. Moins, maintenant. Une seule... ? On redémarre ? Non ? Je remonte le couloir, de plus en plus vite, la fille me crie d'arrêter mais je ne peux pas, je file dans une autre voiture, puis dans une autre, encore deux ou trois et je serai...

Je serai chez Mésange...

Il a surgi. J'ai mis le pied dans la 90. Il a écarté les bras, j'ai tout de suite reconnu ses yeux agressifs.

L'Américain...

Il a voulu se jeter sur moi et j'ai crié. Je me suis acharné sur la portière, la plus proche, à droite, le mauvais côté, la contre-voie, j'ai crié, un autre coup de boutoir dans le dos et ma tête s'est écrasée sur la carlingue, dehors. Mes mains agrippées à un rebord de métal, il a sauté sur mes chevilles et j'ai hurlé, j'ai laissé mon corps glisser à terre, ma gueule s'est incrustée de gravier, j'ai vu le rail, à un mètre de mon œil, j'ai roulé sur moi-même pour le rejoindre, pour me coincer sous le ventre de la machine, l'autre machine, pour me blottir.

Et puis, j'ai senti des secousses, dans mon ventre, il grondait, il m'a interdit de réprimer, il a poussé d'un coup et j'ai vomi un jet serré, mon crâne s'est calé contre du métal rouillé et j'ai vu l'explosion de vomissures, tout près. Mon coude m'a lâché et je me suis allongé à plat ventre, tout s'est noirci plus encore. Je n'ai pas essayé de lutter.

Repose-toi, un peu. Personne ne viendra te chercher là-dessous. Le mal de tête va passer, doucement, si tu ne bouges pas, laisse tes bras tranquilles, ils vont revenir, petit à petit.

Le bruit. Une sorte de tonnerre qui m'a ouvert les yeux, après ce qui m'a semblé une éternité d'oubli. J'ai dressé le cou, et j'ai pu voir le dernier wagon de mon train s'échapper, disparaître en creusant les rails dans un cri de torture métallique. Je n'ai pas vraiment réalisé qu'il partait sans moi. Je suis resté là sans bouger, recroquevillé, presque, entre deux traverses. Le froid, ensuite, m'est revenu à la conscience. J'ai vu un halo de chaleur émaner de la flaque jaunâtre, à côté. La deuxième minute s'est terminée ici, elle est passée, sans moi. Passée d'un kilomètre, peut-être.

Dans mon crâne, une vrille de douleur. J'ai craint une seconde que mon corps ne suive pas, qu'il durcisse, gelé. Mais tout semble remuer, j'essaie tous les os, presque un par un. Pas de douleur, sauf à l'endroit des chocs, mais rien de cassé. Il n'y a que la tête, mais elle n'est pas cassée non plus, faut croire. En rampant un peu je parviens à sortir de dessous la machine, à l'air libre, sous une pluie de flocons. Je me hisse sur le quai, les chevilles tirent un peu. Je peux me mettre debout et je prends ça pour une victoire. Sans le moindre spectateur. J'ai beau tourner la tête en panoramique, partout, il n'y a pas âme qui vive. Rien qu'un ou deux lombrics géants, des quais blancs, quelques traces de pas, mais personne avec qui échanger trois mots. Je suis en gare de Lausanne. Sous une pluie cotonneuse et froide. Seul. Vivant.

Comme un promeneur, j'ai rejoint la tête du quai, sans hâte et sans but évident. Juste pour m'abriter. J'ai fait des mouvements d'assouplissement, des flexions de genou et de nuque, et au loin, enfin, un machino sur un chariot a épié ma gymnastique bizarre. 23 h 31, à la grosse horloge centrale du hall. Les rideaux de fer en berne, partout, même la buvette. C'est l'heure morte. Je cherche vaguement la salle d'attente sans la trouver. Il doit bien y avoir un putain de chef dans cette putain de gare, comme partout, même la nuit. Même à Laroche-Migennes il y en a un, et je le connais. C'est grand, Lausanne, pourtant. Je secoue mon blazer pour le déplumer aux épaules. Je grelotte, tout à coup, j'ai peur d'attraper froid. Il ne faut pas que j'y laisse la santé, ce serait trop con. Du coup je n'ai plus besoin de démissionner, le secteur Paris-Lyon-Marseille va se passer de mes services ; perdre son train au milieu du parcours, c'est rare et ça ne pardonne jamais.

Une salle allumée, en bordure du quai A. Il est sûrement là, le chef. Je ne sais même pas quoi lui demander, je n'ai pas de fric, rien, juste mon blazer réglo, mon pantalon réglo et mon badge Wagons-lits.

Trois types en uniforme dont deux assis face à face, accoudés à une table, et le troisième qui se balade avec un registre à la main, képi sur la tête. J'entre lentement, la tête basse, en forçant un peu sur le misérable. Ne pas oublier de les appeler « chef », tous les trois, c'est toujours bien vu chez les cheminots. Il fait chaud, ici. J'y dormirais bien, s'ils voulaient m'offrir un petit bout de paillasse.

Silence.

— J'étais dans le 222, chef. J'ai été obligé de descendre et voilà. Voilà, quoi... J'suis resté à quai.

Stupéfaction, fugace. On s'esclaffe, on s'approche de moi.

— Mais comment t'as fait ton compte ?
— Tu risques le blâme... ?
— C'est pas banal, petit !

Ça y est, je suis le petit gag nocturne, celui qui

arrive à point pour lutter contre le froid, le sommeil et l'ennui. Il est toujours réconfortant de savoir qu'à cette heure de la nuit, il y a plus à plaindre que soi, malgré la corvée de réserve, loin de sa chaumière. Moi aussi j'en ai fait, des réserves, je les comprends un peu. Ils continuent de se marrer, pas méchamment, c'est le rire de l'aîné face aux bourdes du cadet. Je vais peut-être enfin savoir, cette nuit, si la solidarité cheminote dont on me parle depuis toujours n'est pas une vaste chimère. On m'a dit que ça existait. Que même dans un tortillard de Sumatra je ne serais jamais un voyageur comme un autre. Quand je vais chez mon pote, à Bordeaux, je n'ai qu'à montrer ma carte de roulant pour trouver une place dans la cabine de service des contrôleurs.

Faut voir. De toute façon, je sais que je ne serai plus à la Gare de Lyon à 8 h 19. C'est peut-être mieux comme ça.

— Le premier pour Paris, c'est... ?

— En hiver, t'as le 424 à 7.32. Tu seras chez le patron vers 11 heures...

— 11 h 24, précise un autre.

Je ne suis plus à la minute. Celui qui tient le registre se marre de plus belle.

— Si les gars de chez Hertz étaient ouverts, encore... Tu fais une moyenne de deux cent dix sur l'autoroute et t'arrives en même temps que ton 222. Chez nous elle est gratuite, l'autoroute...

Très drôle.

— Tu vois pas qu'il est désespéré, Michel ?
Hé, petit, on va te foutre à la porte ?

— Ben... Y'a des chances.

Là, c'est l'argument choc. La faute profes-
sionnelle, le chômage, la misère, la déchéance,
le suicide. Pour un Suisse, c'est sûrement le parcours logique.

Le chef du registre regarde par la fenêtre puis
consulte un panneau derrière son guichet.

— Hé ! les gars, y'aurait pas moyen avec le
postal ?

— Il est parti, non ?

— Tu l'as déjà vu partir deux fois à la même
heure, toi ? Logiquement il démarre à 31. Avec
ce temps pourri on peut même pas savoir s'il est
à quai, regarde voir, Michel...

J'aimerais bien qu'on m'explique. Le Michel
se retourne vers moi et me saisit par les épaules.

— T'as deux minutes, petit. Au quai J,
raconte-leur ta salade. Fonce...

— Mais foncer où... ?

— Au postal ! Il fait ton parcours ! Étienne,
il peut être à Vallorbe à quelle heure ?

— S'il respecte l'horaire c'est du 3 h 10.
Le mien repart à 3 h 20...

J'y crois pas. C'est pas possible. J'y crois pas.

— Mais c'est la fusée Ariane, votre truc ?

— Non, mais c'est quand même français, t'as
jamais entendu parler du T.G.V. ? Le T.G.V.
postal ? Tu vas me faire le plaisir de cavaler
jusqu'au J !

253

— T'as encore une chance de pas te faire virer. Essaye !

Je ne sais plus quoi faire, ils sont terrorisants, j'ai l'impression d'être toute une équipe de foot qui se fait engueuler par ses supporters. Tous les trois se mettent à gueuler comme des perdus, et ça me fout la trouille.

— Fonce !!!

Ni une ni deux je ressors comme un fou furieux et pique un sprint jusqu'au quai J. Là je vois un T.G.V. jaune citron, juste une rame avec trois types qui terminent de charger les sacs postaux, presque dans le noir. Ce sont des Français, complètement réveillés et frigorifiés. Ils m'écoutent balancer ma salade, comme dit Michel, et ça ne les fait pas marrer du tout. Je montre ma carte mais ils ne la regardent pas, et je déballe, tout, presque tout ce que j'ai sur le cœur avec l'énergie du désespoir, ils se rendent compte tout de suite que je suis sincère et que la dernière chose à faire serait de me laisser là, à Lausanne, alors que je veux rentrer chez moi. Ils n'ouvrent pas la bouche, sauf pour me dire de monter, c'est un truc entendu, ça va sans dire. Je ne devrais jamais mentir, les choses parlent d'elles-mêmes quand elles parlent simplement. Je grimpe, essoufflé. Une bouffée de larmes me monte au nez, par surprise, le froid, la précipitation, l'urgence, la franchise, un peu de tout. Je me blottis entre deux sacs et rentre la tête dans mes genoux. Je ne la relèverai qu'après le démarrage.

C'est drôle de voir une bagnole vide, comme un hangar, avec juste des sacs empilés et des casiers plaqués au mur, pour ventiler le courrier. Dès que le train part ils se mettent à bosser, tous les trois, assis autour des piles de lettres, à un bon mètre des casiers. Personne ne s'occupe de moi. Je m'approche un peu pour les voir faire. Ils ont une poignée de lettres dans chaque main, et dispatchent chacune d'elles avec juste un petit coup de pouce, une sorte de déclic qui la propulse comme une torpille dans le casier cor-respondant. Une à deux secondes par lettre. J'ai envie de leur poser des questions sur cette tech-nique de lancer qui fait zip zip, mais j'ai peur de casser le rythme. J'ai plutôt intérêt à me faire tout petit. Il y a moins de trente minutes, je me suis retrouvé devant le flingue d'un médecin et maintenant je cherche à me faire tout petit dans un wagon postal qui court après ma 96. Ce retour-là, je vais le garder pour moi, Katia n'en saura rien, il n'y aura rien à raconter.

On me tend une bouteille de calva. Pour me réchauffer, je présume. Les deux ou trois gou-lées sont brûlantes mais efficaces. Laconiques, les types du tri postal, rien ne les distrait. Ça me fait drôle d'avoir le statut de clando, ça me dérange, presque. On ne sait pas où se mettre, on se sent de trop, on a peur d'abuser, on s'en remet aux maîtres de céans. Je comprends un peu mieux pourquoi le dormeur a toujours ce faux air coupable, cette honte sourde d'imposer sa peau. Je comprends aussi l'envie de prise en charge et la responsabilité laissée aux autres, à ceux qui ont l'habitude.

Il est pile 2 h 55. Si tout s'est déroulé comme prévu nous avons déjà dépassé le 222. S'il y avait eu une fenêtre j'aurais attendu ce moment avec nervosité. Je n'aurais sans doute pas vu grand-chose, un flash de trois secondes, cent fenêtres qui n'en font qu'une. J'aurais plissé les yeux pour tenter de discerner un visage connu, une attitude, pour avoir du nouveau, savoir ce qu'ils deviennent, tous, toute cette bande de dingues qui ne demandent l'avis de personne avant de s'installer chez vous avec une idée solide derrière la tête. On verra à Vallorbe, normalement je devrais les rejoindre, en plein pendant la visite des douaniers, ils vont peut-être intervenir manu militari, eux aussi. Après tout, c'est une histoire de contrebande et de passage en fraude, presque banale. Ils vont mettre un peu d'ordre dans tout ça.

On s'arrête. Déjà.

— C'est la frontière ? je demande.

— Ah non, pas tout de suite, on est à La Sarraz.

La quoi ? La Sarraz... ?

— Depuis deux mois on fait un petit arrêt technique, on doit raccorder avec deux autres voitures, ça va continuer jusqu'à fin février.

— Mais... on reste ici longtemps ?

— Non, un p'tit quart d'heure. Tu dois être à Vallorbe à quelle heure ?

On m'en veut. C'est Dieu qui m'en veut. Je

doups

ne vois pas d'autre explication. IL me fait tomber, IL me ramasse, IL me largue, IL me ramène. IL se fout de ma gueule, bordel! Merde!

— Mais je ne peux pas rester là, dans un T.G.V. qui s'arrête toutes les vingt minutes! C'est une connerie!

— Hé! calme-toi, on t'a pris parce que t'as dit que t'étais dans la merde. Je comprends ton problème mais j'y suis pour rien... *it's not my fault*

— On est à combien de bornes de la frontière?

— Une vingtaine.

J'en ai marre.

— Y'a une gare à La Sarraz?

— Une p'tite. J'ai jamais vu personne mais y'en a une.

J'avance vers lui, main tendue. Il me conseille de rester, peut-être que mon train aura du retard, à cause de la neige, peut-être que le passage en douane sera plus long que prévu, peut-être que la manœuvre va durer moins que d'habitude. Ça fait beaucoup de peut-être.

— T'iras pas loin, à pied. Reste avec nous.

Je prends sa main, presque de force et le remercie. Si on avait un peu plus parlé, lui et moi, je lui aurais donné rendez-vous Gare de Lyon, pour conjurer le sort. Mais, pour conjurer le sort, je n'ai rien dit. *ward off bad luck*

J'ai couru sur la voie pendant cent mètres, au jugé, en sautant par-dessus les rails et les traverses, j'ai vu la gare, morte, éteinte, et presque ensevelie. Mes mocassins et le bas de mon pantalon sont trempés, et j'ai chaud, je transpire, je sens ma chemise gelée sur les reins. On verra demain, Katia va me soigner, je ne sortirai plus du lit. Dans la gare, rien. Ce n'est même pas une gare, c'est une voie d'aiguillage avec une petite maison sans horloge. Impossible d'y entrer, ne serait-ce que pour m'extirper de cette neige où je m'enfonce jusqu'aux genoux. Je m'élance à nouveau, contourne la bicoque, une petite place un peu éclairée, quelques voitures garées, un café plus mort encore. Juste après le café je discerne un peu de mouvement, une lumière qui part du sol. Un homme, dans une canadienne rouge, une bêche à la main. Il déblaie une sorte de borne électrique, je ne vois pas bien. Mais lui m'a vu surgir et s'est arrêté net, avec son outil en l'air. Il a cru que je l'agressais, peut-être. Il pousse un cri bizarre, un cri de peur, sans doute, mais bizarre...

— Arrr... Arrière !!!

— Non ! Je suis... je suis pas... lâchez votre truc !

Je peux enfin voir son visage, ses yeux. Mais le plus visible, c'est peut-être son nez. La bêche reste brandie en l'air, encore une seconde, puis il la fracasse sur la borne.

Le souffle court, le cœur emballé, je recule lentement de deux pas.

— Vous ne m'aurez pas... !!! Vengeance... vais leur couper le jus, moi, vous allez voir !... Je les hais !

Il s'acharne sur la borne mais ne parvient qu'à

fentiller le métal. Il ne déblaie pas. Rectification. Il vandalise. Complètement ivre. Il a dû me prendre pour un flic, avec mon blazer et ma cravate bleus. Dans l'état où il est, c'est parfaitement possible. Je ne sais pas ce qu'il reproche à la communauté, et je m'en fous.

— Je ne suis pas de la police, je cherche un taxi pour Vallorbe, je dois prendre un train dans douze minutes, dedans il y a trois personnes en danger de mort, on a les flics au cul, la médecine au cul, la pharmacie au cul. Douze minutes ! Pour faire vingt kilomètres !

Il s'arrête, écarquille les yeux et me scrute du regard de pied en cap. La consternation a changé de côté. C'est peut-être ma hargne ou mon incohérence, mais j'ai presque l'impression qu'il vient de dessoûler d'un coup.

— Vingt et un... Et dans ce bled de cons y'a pas de taxi. Mais moi, j'ai une voiture. Z'avez dit combien de temps ?

3 h 9 à ma montre.

— Maintenant ça fait plus que onze. Onze minutes.

— Bougez pas !

Il s'éloigne vers la place en titubant un peu, ouvre une des voitures garées devant le café et revient à ma hauteur. Je ne sais pas dans quoi je m'embarque, je ne connais même pas la marque de cette bagnole ni le taux d'alcoolémie de son chauffeur. J'ai à peine le temps de grimper qu'il démarre à fond et les roues patinent dans un sinistre grondement du moteur.

— Onze... ? J'ai déjà fait moins, mais sans neige !

— Heu... commencez par allumer vos phares.

— Pas con !

J'ai bouclé ma ceinture et fermé les yeux. Au point où j'en suis, autant se retrancher un peu, dans la tête. J'ai refusé de voir le défilement des routes et des sentiers, les pentes, la neige, les yeux exorbités du fou. J'ai juste entendu ses éructations, ses interjections avinées. Peut-être sa joie. J'ai senti que nous allions vite, sûrement trop. J'ai revu le profil bas du dormeur, le sourire hypocrite d'Isabelle, les yeux de l'Américain, le masque stoïque du médecin. J'ai refusé d'imaginer ce qui avait bien pu se passer depuis mon départ. J'ai éternué, plusieurs fois, j'ai senti la grippe monter à grand renfort de courbatures dans la nuque et les reins. En général à ce stade, la fièvre n'est pas loin. Demain, le lit chaud.

On ralentit. J'ouvre les yeux. Le fou a pensé à ralentir à l'entrée en ville. Regain de conscience ? Réflexe ? Il pile.

— Alors, combien ?

— On est à la gare... ?

— Là, juste à droite, alors, combien ?

2 h 18.

— Neuf minutes.

Cri de victoire. Il m'en reste deux, j'ai le temps de lui dire un mot.

— Vous vous appelez comment ?

— Guy. Guy Hénaut.

— Vous habitez La Sarraz ?

— Oui.

— Eh bien, vous entendrez parler de moi, Guy Hénaut de La Sarraz. Et puis, vous n'arriverez à rien avec une bêche, essayez le piolet. *ice axe*

Je claque la porte sans me retourner et fonce en gare, elle est plutôt animée et bien éclairée. J'arrête de courir, c'est préférable, dans un poste frontière. À la première casquette venue je demande le 222. Il est encore à quai mais j'entends le sifflet, tant pis je cavale, un voyageur s'écarte sur mon passage, le train frémit sous la première secousse, les portières claquent, un second coup de sifflet, je grimpe sur le premier marchepied et m'escrime sur une portière, en déséquilibre, on pousse un cri sur le quai, j'entre en forçant des bras pour hisser mes hanches. L'autre jambe et c'est bon. La portière se referme, toute seule, en douceur, dès que le train est sorti du quai. À 2 h 20.

Oui. Je vais pouvoir m'asseoir et reprendre mon souffle, pendant quelques minutes, sans penser à rien. Mais quitte à déconnecter un peu, autant le faire chez Mésange, il est à peine à deux voitures, et il ne dort jamais avant la seconde douane. Je ressens une sorte d'apaisement depuis que le train a démarré, un profond réconfort, et pas uniquement parce que j'ai réussi à retrouver mon train après une course de dingue. Cette sensation, je la connais bien, je l'éprouve à chaque retour. À Paris, quand je parle de cette pointe de délice, personne ne comprend.

Nous venons de passer en France.

Ce n'est pas de la xénophobie, c'est le signal du retour à la maison. Mes potes n'arrivent pas à comprendre que pour moi, prendre le train, c'est comme prendre le métro, pour eux. Et je ne connais pas grand monde qui apprécierait de dormir deux nuits dans un métro.

Mésange installe une couverture sur son bat-flanc, son couloir est vide et la plate-forme est encombrée de caisses de bouteilles.

— Tu choisis tes heures, toi. Tu dors jamais. Comment ça se fait que t'arrives de ce côté-là ?

— Trop long à expliquer. Je peux m'asseoir deux minutes ?

— Non, je vais essayer de m'assoupir un peu avant Dijon. J'ai deux descentes. Et je les réveille, moi, c'est pas comme vous, en cou-chette. Il paraît que vous leur donnez un réveil et c'est eux qui viennent réclamer leurs papiers. C'est vrai, ça ?

— Non, pas tout à fait, le mieux c'est de leur donner les papiers juste après la douane et leur dire de planquer le réveil dans un coin de com-partiment, comme ça ils n'ont même pas besoin de passer.

— Ben mon vieux... On aurait fait ça, à l'époque...

— À l'époque, on raconte que les conduc-teurs n'allaient même pas chercher leur paye parce que les pourboires montaient à vingt fois plus. C'est vrai ?

— C'était vrai, certains mois. Dis donc, tu veux une serviette ?

Je suis trempé de la tête aux pieds, mes chaussures ressemblent à du carton bouilli, les pans de ma veste gouttent sur la moquette marron. Et plus une seule cigarette fumable. Le vieux m'en offre une.

— C'est lui ! C'est sûrement lui ! j'entends, au fond de la voiture.

Nous tournons la tête, Mésange se lève et ordonne aux deux contrôleurs de baisser d'un ton. Ils déboulent dans le couloir et ne nous saluent pas.

— C'est toi qui fais la 96 ?

— Oui.

— Eh ben t'es bon pour le rapport, allez, numéro de matricule.

— Hé attendez, qu'est-ce que j'ai fait ?

Comme si je ne le savais pas. Ça me va bien de faire l'innocent. Il sort un imprimé et un stylo.

— On te cherche depuis une demi-heure, les douaniers ont gueulé, et il y avait trois voyageurs qui cherchaient une place, heureusement que ton collègue a fait le couplage, et on te retrouve à discuter en voiture-lit, tu te fous de nous, dis ? Allez, matricule...

— 825 424.

Mésange essaie d'intervenir en ma faveur. Il sait mentir, lui aussi. Mais ça ne prend pas. J'ai presque envie de leur dire qu'ils perdent leur temps, que leur rapport finira à la poubelle parce que je démissionne. Mais je n'ai pas envie d'envenimer les choses.

Il me lit l'acte d'accusation et je ne cherche pas à nier.

— Tes billets sont contrôlés, tu peux aller te coucher.

Je les quitte, tous les trois. Mollement. *weakly* Je ne sais pas ce que je vais trouver en rentrant chez moi. Richard s'est occupé de ma bagnole, comme on a l'habitude de faire si l'un de nous est complètement beurré, trois voitures plus loin. De toute façon il était obligé de s'installer dans ma cabine, avec ce con de Latour, menottes au poignet... Mon collègue doit se demander où j'ai bien pu me fourrer. Et les autres, sont-ils seulement sur le train ? Brandeburg a-t-il montré son nez à Lausanne ? Une chose est sûre, c'est qu'ils sont au moins allés jusqu'à Vallorbe, il n'y avait personne sur le quai de Lausanne. J'aurais bien aimé voir la gueule qu'ils ont fait quand ils ont vu le dormeur, enchaîné.

J'arrive chez moi, une jeune femme est en train de cogner à ma porte, et j'ai une montée d'angoisse à l'idée de ce qu'elle va m'annoncer.

— Ah, vous êtes là... Je venais vous voir parce que je descends à Dijon.

— C'est tout ? Enfin, je veux dire... tout va bien ?

— Bah... oui. Il fait un peu frais dans mon compartiment mais sinon ça va.

Elle me sourit et retourne se coucher. La

porte de ma cabine est entrouverte, tous les papiers y sont, presque rien n'a été touché. Dans le 10, impossible de voir quoi que ce soit, les stores sont toujours baissés et apparemment, la lumière est éteinte. Le plus silencieusement possible je fais coulisser la porte de deux centimètres. C'est le noir complet, et j'ouvre franchement en tâtonnant vers l'interrupteur. Le toubib est toujours là, prisonnier, et la lumière le fait ciller. Je n'éprouve pas le besoin de parler, de poser une question à laquelle il ne répondrait pas.

— Brandeburg est dans le train, il n'est pas seul. Je vous conseille de me libérer.

— Et Latour ?

— Je ne sais pas.

— Vous croyez que votre patron réussira à lui faire passer la frontière à nouveau ?

— Je ne pense pas. Mais ce n'est plus le problème. Si les Suisses ne l'ont pas, les Français ne l'auront pas non plus, croyez-moi.

Je vois. C'est logique. Les lois du marché. Je donne un coup de clé carrée dans la porte.

Celle de Richard est fermée. Je toque. Il met un temps fou à répondre, peut-être qu'il est assoupi.

— Qui est-ce ?

— C'est moi.

Silence.

— Casse-toi, je dors.

C'est la première fois qu'on se parle à travers une porte.

— Je peux entrer ? Juste deux minutes !

— Non. Passe me prendre après Dijon pour aller au Grill Express. Bonne nuit.

Hein ?... Je ne l'ai jamais entendu dire «Grill Express», entre nous on dit ragoût. Et puis, sur le Galilée, au retour, il n'y en a jamais eu.

Pour moi tout va bien, je pourrais attendre Paris, enfermé dans ma cabine, tranquille. Je ne suis plus dans la merde. J'y ai mis Richard, à ma place. Il n'est pas seul dans sa cabine et il a essayé de me le faire comprendre. Ça voulait dire : fais quelque chose, trouve un truc. Le dormeur, les médecins sans frontières, la santé mondiale peuvent bien aller se faire foutre, tous autant qu'ils sont, ça ne vaudra jamais un cheveu de mon pote. Jamais. Et c'est à cause de moi qu'il se retrouve avec des dingues, c'est la seule chose dont je sois responsable sur ce train. S'il lui arrive quoi que ce soit, j'aurais l'air de quoi, maintenant, dans la rue, dans la vie ?

Je reviens tout de suite, juste le temps de passer chez moi et j'arrive, mec. Le flingue est toujours là, et c'est logique, personne ne m'a vu le planquer, pas de quoi s'étonner. L'objet me paraît subitement plus léger, plus maniable. C'est pas si méchant que ce qu'on dit, c'est qu'un morceau de métal, avec une crosse qui épouse bien la paume de la main, c'est fait pour ça, et avec ce qu'il y a au bout, aucune crainte de réveiller la maisonnée, c'est un truc très étudié. Je décroche le téléphone, ça fait deux fois en deux nuits. Un record.

Le couchettiste de la voiture 95 est demandé en tête de train, merci. Le couchettiste de la voiture 95 est demandé en tête de train, merci.

J'ouvre la porte du 10, d'un coup. Il sursaute en voyant l'objet et mes babines retroussées.

— Je vais tous vous plomber. Tous !

Je prends à peine le temps de le planquer sous ma veste pour traverser le couloir. Les soufflets s'ouvrent devant moi, je presse la crosse dans ma main. Ils sont obligés de le laisser sortir, après l'annonce. Je ne sais pas qui est dans la cabine, je ne comprends pas pourquoi ils ne sont pas descendus. J'aurais peut-être dû attendre Dole. La porte met un temps fou à s'ouvrir, il y a eu des tractations et des réticences. Richard apparaît, un mouchoir sur la tempe, les larmes aux yeux. Il ne me voit pas. Planqué dans un coin de la plate-forme, je glisse doucement vers lui, un doigt qui barre ma bouche.

Il a hésité, une seconde, m'a fait signe de partir. Je l'ai chopé par la manche pour le mettre à l'écart. *grabbed*

— Est-ce qu'il y a un grand type blond, là-dedans ?

Signe affirmatif de la tête.

— Où ça ?

— Sur ma banquette, vers la gauche. La fille a un cran d'arrêt sur la gorge.

Une seconde, je me suis demandé comment tous ces gens pouvaient se presser dans un espace aussi réduit. C'est l'endroit le plus étroit mais aussi le plus sûr quand les contrôleurs et les douaniers sont passés. Après la frontière française, plus personne ne vient cogner à la porte, hormis un voyageur angoissé à l'idée de ne pas se réveiller. Si je réfléchis trop c'est foutu. Richard, c'était l'urgence. Maintenant qu'il est dehors, je pourrais aussi bien me tirer. À la position du carré de la serrure je vois qu'ils ont fermé. De la main gauche je positionne la clé en dégageant le pétard à l'air libre. On va voir si je suis capable d'un geste simultané des deux mains, je n'ai pas l'habitude d'entrer comme un voleur chez un collègue, et encore moins comme un tueur.

Un loquet n'a jamais fait autant de bruit sous ma main, j'ai accéléré, je me suis lancé dans des corps sans reconnaître les visages, j'ai tout bousculé, tout l'amas s'est déporté d'un bloc vers la fenêtre, j'ai agrippé des bras pour dégager le côté gauche de la banquette, une tête a cherché à se coincer contre la paroi du bac, j'ai hurlé, le doigt sur la détente, le canon dans les cheveux blonds. Brandeburg a crié, et tout s'est figé.

J'ai enfin pu voir, du coin de l'œil. Le dormeur est toujours là, relié à la barre de la fenêtre. Son nez s'est remis à couler. La fille est écrasée à terre par le genou de l'Américain, le cran d'arrêt prêt à se planter dans sa gorge. Un revolver dépasse d'une des poches de son blouson. Et Brandeburg là, au bout du mien, n'osant pas relever la tête.

268

L'Américain ne bouge pas, son couteau garde toujours le même angle. Je donne un petit coup nerveux sur la tempe de Brandeburg.

— Dites-lui de la laisser se relever et de s'asseoir par terre, à sa place.

Ils permutent, elle récupère son flingue, et c'est comme si ça lui avait rendu la parole.

— Bon, je m'occupe de Brandeburg, trouvez quelque chose pour attacher l'autre et un mouchoir propre pour Latour.

— ...? Vous êtes pas une subalterne vous, hein? Vous devriez terminer toutes vos phrases par «exécution».

Elle la ferme, une seconde. Elle n'a pas du tout l'air atteinte par les dernières minutes qu'elle vient de passer ici. Jamais vu une nana pareille. C'est autre chose que Bettina, mais je me demande si ça ne valait pas mieux.

— Désolée.

— Dites-nous donc la suite des événements, vous avez tout ce que vous vouliez, non? je demande.

— Et sur le territoire français, surtout. Il n'est plus dans son fief, vous ne vous rendez pas compte de cette chance..., dit-elle.

— Non, et je m'en fous. Tout ce que je veux savoir c'est si on arrête le train ou pas.

Jean-Charles refuse immédiatement, par des gestes et des jérémiades incompréhensibles.

— Je n'ai pas demandé votre avis, dis-je.

— Pas question! On va s'arrêter où? En pleine montagne, entre deux tunnels? À Dole?

Les flics vont nous garder deux jours, et quand est-ce que je serai chez moi ? Antoine, vous m'aviez promis de me ramener chez moi... Chez moi !

Son cas ne m'intéresse plus. Mais il n'a pas complètement tort. Si on ne dit rien aux contrôleurs on est sûr d'être Gare de Lyon à 8 h 19, je me faufilerai sur les voies, je sortirai en douce et j'irai rejoindre mon lit. On viendra me chercher, on me fera témoigner, on me fera démissionner, mais pas tout de suite.

— Il a un peu raison, fait la fille. Qu'est-ce que voulez qu'on fasse dans le Jura, ils vont mettre un temps fou... À Paris, j'ai le siège de l'O.M.S. qui peut intervenir tout de suite. Ils sont déjà prévenus.

Bon. Si tout le monde est d'accord, on les garde.

J'ai proposé de mettre Brandeburg et son Ricain dans le 10 de la 96, mais la fille a préféré qu'on sépare au moins le big boss du médecin pour leur éviter de communiquer, et je n'ai pas vraiment bien compris pourquoi. Ça me fait du boulot en plus. Comme il est impossible de déplacer Jean-Charles, il va falloir condamner la cabine de Richard en prétextant une raison technique, genre vitre cassée. On menotte Brandeburg en face de lui. L'Américain ira rejoindre le médecin, menottes aux poings, dans le 10. Encore faut-il que les contrôleurs soient loin de la 96. Ce n'est plus vraiment important, maintenant. Quand ils vont savoir ce qui se tramait sur leur 222, sans qu'il ne s'aperçoivent de rien, ce sont eux qui risquent de l'avoir, le rapport.

— Vous n'allez pas me laisser devant cette crapule ? crie le dormeur.

— Si, justement, dis-je, vous allez pouvoir faire connaissance.

Je reste seul un moment, avec eux deux, en tête à tête, chacun enchaîné en face de l'autre. Et c'est presque drôle. Joli duel en perspective. Jean-Charles hurle de plus belle, si bien que je lui demande de baisser d'un ton pour ne pas réveiller les voyageurs qui jouxtent la cabine. Il continue de chuchoter des insultes et ça rend la scène passablement ridicule.

— Espèce d'ordure... C'est avec mon sang que vous vouliez faire du commerce ? Avec le mien ! Salopard... Salopard !

Je perds le sourire. Ce vomissement d'insultes, cette hargne dans les yeux... Je ne le pensais pas capable de ça. L'autre ne dit rien et écoute.

— C'est la France qui va me bichonner, maintenant. Je suis un cobaye ? O.K., très bien, mais je préfère ma cage à celle que vous me proposiez. C'est l'État français qui va s'occuper de moi !

Brandeburg se décide enfin à répondre. Très lentement.

— L'État français ? Mais vous plaisantez... Vous ne connaissez vraiment pas la situation... C'est la guerre, monsieur Latour, et vous êtes en première ligne. Vous vous croyez en sécurité, de

271

ce côté-ci de la frontière ? Erreur, vous ne serez plus jamais en sécurité nulle part. Si je ne vous ai pas, personne ne vous aura... Vous serez même trop facile à localiser. Et moi, je m'en tirerai, toujours... C'est une simple question de temps. Vous valez trop cher, on vous retrouvera, et où sera-t-il, ce jour-là, l'État français ?

Jean-Charles reste un instant hébété. *dazed*

Moi je referme la porte et la boucle au cadenas. J'en ai déjà trop entendu. Qu'ils se démerdent.

Avant de partir, je scotche près de la poignée une affichette : « Hors Service ».

*

J'ai cherché Richard, longtemps, et l'ai retrouvé <u>aux prises</u> avec les contrôleurs qui *embroiled* cherchaient absolument à savoir pourquoi on lui avait lancé un appel au téléphone, en pleine nuit. J'ai tout pris sur moi en faisant passer ça pour une blague du genre « c'est drôle de réveiller un collègue en pleine nuit et lui faire parcourir dix voitures ». Ils ont consigné ça dans leur rapport, comme une pièce de plus au dossier de mon infamie : « Utilise le téléphone à des fins personnelles et douteuses au mépris du sommeil des passagers. » S'ils savaient à quel point c'est du travail inutile.

Richard et moi sommes revenus dans nos quartiers. La fille est debout dans le couloir de la 96 et refuse d'aller dormir. À l'heure qu'il est, Jean-Charles doit sérieusement regretter d'avoir balancé la clé. C'est bien fait. Je lui ai laissé un peu d'eau pour sa pilule.

Je vais me trouver une couchette, quelque part, et Richard va continuer le couplage dans ma cabine.

Je lui ai expliqué certains trucs. Pas tout. On dirait qu'il a confiance en moi, malgré tout ce bordel, mes mensonges et les coups qu'il a pris sur la gueule. Comment peut-on me faire confiance ? j'ai demandé. Il m'a dit que ça ne datait pas d'aujourd'hui et il m'a rappelé un épisode que j'avais complètement oublié, un soir de Noël où il avait branché le *Requiem* de Fauré dans tout le train, histoire de marquer le coup, et ça n'a pas plu au chef de train, un Suisse qui s'était mis en tête de lui faire des misères. Il paraît que j'ai pris la faute sur moi parce qu'il a paniqué à l'idée de se faire virer dès ses débuts. Ensuite il paraît que j'ai fait boire de la tequila au Suisse jusqu'à Lausanne. Je ne m'en souviens pas, je devais être complètement saoul aussi.

Petit à petit la soirée m'est revenue en mémoire, j'avais piqué le sifflet du Suisse pour l'empêcher de donner le départ, sur le quai de Lausanne, juste pour continuer à le voir danser et chanter dans le couloir. Je ne garde que cette image floue.

Un vrai délice.

J'ai eu un sommeil tellement léger que j'ai pu réveiller la voyageuse pour Dijon, sans effort et sans mauvaise humeur. Isabelle avait abandonné son poste de garde pour s'écrouler sur une couchette du 4. Je savais bien qu'elle craquerait. Comme tout le monde.

Question sommeil, j'ai récupéré la forme d'antan, à l'époque où, entre deux voyages, j'éprouvais le besoin d'en intercaler un autre, en clando, pour convenances personnelles. Trois aller-retour en une semaine... Il faut bien que jeunesse se passe. Je suis juste un peu engourdi *numb* mais tout va bien, même la grippe a obtempéré. *complied* Durant ces trente-six heures, je n'aurai dormi que quelques bribes éparses et agitées, denses et volatiles. Rien de sérieux. *snatches*

Il est 7 h 45, et nous arrivons dans une bonne demi-heure. Le jour n'est pas encore levé. Tous les passeports et billets sont rendus. J'ai rejoint Richard dans la cabine, il a déjà le Thermos à la main, la panthère le lui a rempli, hier. Il

275

n'y a guère que lui pour obtenir ce genre de faveur.

— C'est quoi ton prochain voyage, Richard ?

— Florence.

— Ah oui, c'est vrai... Autre bonne raison de démissionner.

You ave so slollow

— T'en démords pas ! Et puis d'abord, qu'est-ce que t'as contre cette ville, y a des gens partout dans le monde qui rêveraient d'y aller, et ils n'iront jamais.

— Je sais... Mais tu vois... À ton avis, pourquoi un mec comme Dante a été obligé de partir en exil ? Et pourquoi il a écrit un bouquin sur l'Enfer ? C'est le hasard, tu crois ?

— J'en sais rien... Qu'est-ce que tu veux que j'en sache ? Ça t'oblige pas à démissionner...

— Je jette l'éponge ce matin, c'est fini.

En sortant pisser, j'ai vu Isabelle dans le couloir, mal réveillée. Je lui ai fait signe de nous rejoindre. Devant les chiottes, trois personnes attendent, dont l'élément mâle d'un couple qui occupe la 9. Je passe devant lui avec mon petit air « priorité au service », mais il m'arrête.

— Ma femme est à l'intérieur... elle ne se presse pas... à la maison c'est toujours un problème.

Nous attendons, un peu, mais la fille prend son temps. J'ai presque envie de demander à Richard de jeter un œil dans la télé pour savoir ce qu'elle fout.

— Tu te dépêches, chérie... !

Je ne dis rien, j'attends, je sens que je vais terriblement lui en vouloir dans très peu de temps. Je suis presque inquiet. La syncope... ou autre chose. Je cogne comme un fou en l'exhortant à réagir. Et trois secondes plus tard elle sort, fraîche, pomponnée, étonnée devant autant d'agitation.

— Vous ! Je ne sais pas ce que vous faisiez là-dedans, mais vu le temps que ça a pris j'espère que ça en valait la peine !

Je pisse sans fermer la porte et ressors furieux, sous leurs yeux ébahis.

— Non, Richard, je te jure, j'en peux plus de ce boulot, les gens... trop de gens... J'ai plus le courage. Basta. Tu vois, je me demande si c'est pas Guy Hénaut qui a raison.

— Qui ça... ?

Isabelle nous rejoint et Richard lui offre une tasse de café en lui cédant son coin de banquette.

— Je n'ai pas résisté..., fait-elle en se frottant les yeux. Juste deux petites heures... j'ai encore mal aux jambes.

— Vous habitez où ? demande Richard.

— En ce moment je me balade entre l'Italie et la Suisse. Après le procès de Brandeburg, je vais demander à revenir sur Paris. Et vous deux, vous êtes parisiens ?

— Nous sommes frontaliers, les seuls frontaliers de l'Ile-de-France.

Elle ne comprend pas vraiment, mais c'est la pure vérité. Entre deux gorgées de café, elle me fixe de ses yeux encore bouffis de sommeil. Si j'essaie de lire dans ses pensées je n'y perçois qu'un doute confus, une curiosité dont la formulation se carambole dans sa tête embrumée. On me regarde différemment depuis une ou deux nuits.

— Je me demande encore... pourquoi... pourquoi vous...

— Pourquoi quoi ? Latour ? Ça travaille vraiment tout le monde ! je dis, en ricanant. Si on réfléchit bien, je n'ai fait que mon boulot. Primo, veiller sur le sommeil des voyageurs. Secundo, les acheminer à bon port. Tout le reste ne regarde que moi, et je ne vous cache pas, au risque de décevoir l'opinion et la santé publique internationale, que c'était par pur égoïsme.

Ça ne la satisfait pas.

— Si je vous posais la même question ? je dis.

Elle hésite. Bâille et sourit en même temps.

— En effet. Ce serait trop long. Disons que... «le sang c'est la vie et la vie ne se vend pas». Slogan...

Pas mauvais. Si tout le monde y va de sa petite formule on n'a pas fini.

— À propos, je dis, tant que je suis avec une spécialiste, hier j'ai demandé à un contrôleur suisse pourquoi il y avait une croix rouge sur son drapeau.

— Parce que la Suisse a longtemps été le siège de la Croix-Rouge. Pendant la dernière guerre ils ont fourni du sang aux belligérants. C'est une longue tradition. Elle a créé des vocations mercantiles. Et mon boulot, c'est ça.

8 h 2. On approche de Melun. J'adore ce moment. C'est une vraie délectation, toute une enfilade de petites gares de banlieue avec des gens qui attendent, on les imagine toujours déprimés, résignés. Le _summum_ c'est quand nous passons sur le pont de Charenton, juste en dessous de nous il y a déjà un bouchon, sur la nationale. Rien que cette image d'un quotidien poussif, morne, nous encourage à rempiler pour le prochain Florence. J'ai choisi ce job pour fuir tout ça. Et c'est un job formidable, je ne regrette rien. Mais ce matin je ne me laisserai pas avoir, je regarderai ailleurs.

— Bon, je vous laisse, je vais voir ce que fait le dormeur.

— Le dormeur ?

— Latour, je veux dire. Il a peut-être besoin de quelque chose, de discuter un peu pour oublier sa crampe.

Des bagages commencent à encombrer le couloir. Ils ont tous retrouvé leur visage, leurs gestes. Prêts à affronter un vendredi 23 janvier, à Paris. J'hésite avant de jeter un coup d'œil chez le médecin et l'Amerlo. Le jour se lève, et j'ai envie de laisser ça à d'autres.

Après une seconde de rien, de vide, j'ai frappé du poing contre une vitre, et ça a fait un boum, sourd, qui a fait sortir Isabelle et Richard.

Tout le couloir m'a regardé. Isabelle a laissé échapper un cri en voyant, dans le 10, les menottes du médecin traîner à terre, avec un des bracelets où sont collés des petits lambeaux d'épiderme et de fines traînées d'une matière gluante et blanchâtre.

L'Américain est là, toujours attaché à la banquette. Il a les yeux levés vers nous, son regard n'est ni amer ni triomphant.

— C'est impossible... on ne peut pas ! fait Isabelle en prenant le bracelet dans sa main.

— Mais non ! Comment... il a...

— Fermez-la ! je hurle. Vous voyez bien qu'il s'est barré ! Il a réussi à sortir sa main, alors essayez de comprendre au lieu de vous extasier !

Isabelle se retourne vers l'Américain et lui demande une explication, en bafouillant, mais il ne réagit pas.

J'avais posé sa sacoche sur une grille de porte-bagage, et on la retrouve, ouverte sur une banquette, la boîte métallique est sortie, la seringue a roulé par terre, à côté d'une petite flaque et d'un flacon de pommade, ouvert.

— C'est un médecin, je dis. C'est un médecin... Il s'est fait une piqûre.

— D'anesthésiant... Il s'est anesthésié tout le bras !

— Ensuite il a pressé comme un fou, il a écrasé sa main entravée dans le poing gauche.

Mon estomac se réveille en pensant à l'horreur qu'il a dû vivre, il a passé des heures à compresser sa main jusqu'à ce qu'elle devienne molle et inerte, il a peut-être forcé jusqu'à la cassure, le métal a râpé la peau enduite de pommade. Un vrai travail de toubib. Sur le coup, il n'a rien dû sentir. Et tout ça sous le regard d'un autre. L'Américain.

Qu'est-ce qui peut pousser un homme à s'infliger une torture pareille... La prison? Il a peut-être déjà connu ça, la prison. C'est sûrement une excellente raison. Deux heures d'efforts et presque de mutilation, pour échapper à ça. Le corps humain est une matière compressible, on dit toujours.

Je me retourne vers l'Américain et sans rien dire lui assène un coup de poing de haut en bas. C'est pas beau, de frapper un homme attaché.

— Où est-il?

Il refuse de dire quoi que ce soit. J'aurais beau le frapper des heures durant...

Je regarde ma montre, 8 h 10, on passe Villeneuve-Saint-Georges et sa gare de triage. Kilomètre moins 23. On y était presque. Je commence à regretter notre décision de cette nuit, il fallait tout arrêter et se décharger de ces trois dingues. L'un d'eux a désormais les mains libres.

— Où allez-vous? me demande Isabelle.

— Devinez.

Je fonce dans la 95, chez Latour. En voyant le cadenas toujours en place, je pousse un soupir de soulagement, le médecin n'est pas passé par là. J'ouvre.

La tête de Jean-Charles se tourne lentement vers moi, comme un automate.

Devant lui, j'ai vu.

Le corps de Brandeburg, inanimé, pend de tout son poids sur la menotte. Sa tête, penchée en avant, effleure presque les genoux du dormeur.

Lentement je me baisse vers le corps. Les yeux sont grands ouverts, la bouche est béante et le cou...

Le cou est barré d'un gros trait violacé et noir.

— L'État français va me prendre en charge, maintenant...

Ses yeux sont baignés de larmes qui ne coulent pas.

Un mort. Et un fou.

Je m'approche de lui et prends une voix douce, comme pour parler à un enfant.

— ... On y était presque... Vous étiez presque chez vous...

— C'était la seule chose à faire. Il ne m'aurait jamais laissé en paix...

Je ne sais plus quoi dire. Je ne veux plus croiser le regard du mort ni celui du vivant.

— Vous allez mourir en taule.

— En prison ? Pour cette crapule ? On verra... On verra bien... J'ai tué un escroc international... Et la France a besoin de mon sang... Et l'O.M.S. interviendra pour moi... Personne n'a vraiment intérêt à faire tomber tout ça dans le domaine public... Et puis... Ils ne mettront pas en prison... un mourant...

Je marque un temps d'arrêt.

J'observe, un instant, par la fenêtre, le défilement des immeubles de la proche banlieue.

Je sors en portant une main à ma bouche.

8h 12, on devrait passer le pont de Charenton. Il devient difficile de traverser le couloir. Un couple d'Italiens me demande où il y a un bureau de change. Au fond j'aperçois Isabelle qui se dresse sur la pointe des pieds pour me voir et m'interroger des yeux, je fais un signe de la main. Il faut que je lui dise. Je me suis arrêté un instant pour souffler, en suppliant je ne sais qui de faire arriver le train.

Et tout à coup, elle s'est dérobée, comme happée dans un compartiment.

J'ai senti monter la rage dans tout mon corps, un trop-plein, j'ai tout bousculé sur mon passage, une femme est tombée, Richard était dans ma cabine, pétrifié, il n'a rien osé me dire, j'ai fouillé dans mon sac, le flingue au silencieux, je l'avais bien planqué, j'attendais qu'on me le réclame, quand je suis sorti les gens l'ont vu, ils ont crié, j'ai ouvert le 4, ils se battaient à terre, le médecin tenait dans sa main un truc brillant, une petite lame, il s'est couché sur elle, il a dégagé un genou pour se redresser, il a levé la lame en l'air, j'ai planté le silencieux dans l'intérieur du genou...

J'ai tiré.

Pour échapper à leurs cris j'ai pressé les mains sur mes oreilles. Il s'est arc-bouté, dans le silence, et s'est écroulé à terre.

Elle a le visage défiguré de haine, elle tente de sortir de sous ce corps inerte. Le train s'est arrêté, j'ai cru que c'était à cause de moi.

Ce n'est que l'entrée en gare.

Je ferme les yeux en attendant qu'il reparte, doucement, sur le quai. Il fait noir mais je le sens, je le devine, il longe le quai 2, il s'étire jusqu'aux abords du hall. Et finit par se figer.

Le couloir s'est vidé, sans moi. J'ai vu le revolver pendre au bout de mon bras et l'ai jeté à terre. Il faut que je prenne mon sac, avant de descendre. Je regarde ma cabine, je l'inspecte, sûrement pour la dernière fois, le bac de linge dans lequel il faut plonger pour atteindre les derniers draps propres, l'armoire à passeports, la banquette des nuits paisibles et sans sommeil. Mes jambes flageolent sur le marchepied, tous ces gens pressés me donnent un peu le vertige.

Une voix de femme qui surgit, partout dans les haut-parleurs.

Je pose un pied sur la terre ferme.

Les collègues du Florence me tapent sur l'épaule, au passage. Je souris. Un vent frais me caresse le cou, et j'avance, malhabile, jusque dans le hall.

Des gens s'embrassent et se cherchent, ils vont tous plus vite que moi, ils s'engouffrent dans le sous-sol, vers le métro et les taxis.

Deux stations jusqu'à Saint-Paul, un petit peu de marche pour rejoindre la rue de Turenne. Je vais y aller à pied. Aux abords du café, juste sous le restaurant du «Train Bleu», je vois Éric et Richard, debout. J'ai l'impression qu'ils m'attendent. Ils se taisent à mon approche.

Richard n'ose aucun geste, aucune parole. Éric fait un léger pas en arrière. Je réfléchis, un peu, le nez en l'air.

Et, le geste incertain, je rentre la main dans mon sac et fouille pour en sortir une boule molle. Blanche. Éric me regarde, intrigué. Inquiet. Pour qu'il comprenne bien ce qu'est la boule, je l'ouvre en deux, en deux gants de soie. Et je les engouffre dans la pochette de son blazer.

— Garde-les. Et ne m'en veux plus, pour mercredi soir.

Le dôme résonne.

J'ai regardé vers la sortie «Grandes lignes». Et m'y suis engagé.

DU MÊME AUTEUR

Aux Éditions Gallimard

LA MALDONNE DES SLEEPINGS.

TROIS CARRÉS ROUGES SUR FOND NOIR (Folio n°2616).

LA COMMEDIA DES RATÉS (Folio n°2615).

SAGA, *Grand Prix des Lectrices de « Elle » 1998.*

Composition Jouve.
Impression Société Nouvelle Firmin-Didot
à Mesnil-sur-l'Estrée, le 2 octobre 1998.
Dépôt légal : octobre 1998.
Numéro d'imprimeur : 44235.
ISBN 2-07-040689-X/Imprimé en France.